私立探偵 左文字進

兇悪な街

西村京太郎

双葉文庫

目次

私立探偵　左文字進

兇悪な街

第一章　友が死んだ

1

川村《かわむら》が死んだ。

私立探偵の左文字《さもんじ》は、アメリカ帰りということもあって、同業者のなかに、友人は、少なかった。

そんななかで、川村は、唯一、親友といっていい同業者だった。

川村は、古くからの友人というわけではなかった。

知り合ったのは、去年の三月だから、まだ、一年しかたっていない。

彼が、初めて訪ねてきた時のことを、左文字は鮮明に覚えている。

あとで、三十二歳とわかったのだが、その時はてっきり、二十七、八歳だと思った。

それだけ、若々しかったのだ。

川村は、市谷《いちがや》で、私立探偵事務所を開くので、よろしくと、挨拶にきたのだった。

「なぜ、僕のところにきたんですか？　ほかに大きな探偵社があるでしょう？」

と、左文字がきくと、

「実は、僕も、左文字さんと同じで、アメリカで犯罪心理学を勉強してきたんです。それで、先輩のあなたに、まず、ご挨拶しようと思いましてね」

と、川村は、いった。

そのあと、深夜まで、最近のアメリカの探偵事情について話し、日本でも、ぜひ、免許制にしたいということを、熱心に話し合った。

その後、川村のほうから、よく連絡してきたし、一緒に食事もした。

一週間前にも会っていた。

その時、左文字の妻の史子《ふみこ》が、

「川村さんは、どうして、まだ、結婚なさらないの？」

と、きくと、

「それが、いよいよ、結婚する気になりました。そのうち、彼女、連れてきますよ」

と、川村は嬉しそうに、いった。

「その人、アメリカ人?」

「いや、純粋の日本人です」

純粋のというのが、おかしくて、笑ってしまったのを、まだ左文字は、覚えていた。

その川村が、死んだのだ。

三月九日、川村は、市谷の事務所のなかで、殺されているのが、発見された。

一日おきに、事務所の掃除を頼まれていたパートの女性が、この日の朝、預かっている鍵で、開けて入って、死んでいる川村を発見したのである。

左文字は、警察から電話で呼ばれて、市谷に駆けつけた。

JR市ヶ谷駅から、歩いて七、八分の雑居ビルの三階だった。

警視庁のパトカーや、鑑識の車が、到着していた。

警視庁の矢部警部とは、気が合うのだが、ほかの刑事とは、反りが合わないし、第一、よくしらなかった。

待っていたのは、片岡という若い警部だった。

「机の上に、あなたの名刺があったんで、きてもらったんだ」

と、片岡はにこりともしないで、いった。どうやら、私立探偵は嫌いらしかった。

左文字は、床に倒れている川村を見つめた。

仰向けにされた川村はジーンズに、セーター姿だった。

その体の下から、どす黒い血が、床に流れている。

セーターの胸のあたりに、穴があき、その周囲が焦げている。

穴は、二つ。

背中から、撃たれたらしい。

「川村英祐《えいすけ》本人に、間違いないか？」

と、片岡が、きいた。

「ええ。本人です」

「拳銃で二発も撃たれているから、何か危険な仕事に手を出していたんじゃないのかね？」

と、片岡が、きいた。

「危険な仕事って、何です?」

「先月も、池袋《いけぶくろ》の私立探偵が、強請《ゆすり》で、逮捕されているんだ」

「川村は、そんなことはしませんよ」

「それならいいんだがね」

と、片岡は、いってから、

「これだけは、いっておくよ。これは、殺人事件なんだ」

と、語気を強めた。

「だから、何です?」

左文字は、わざと、惚けて、きいた。

「いくら、友人だからといっても、刑事事件に口出しはするなということだよ」

と、片岡は、いった。

「わかりましたが、彼の葬式は友人として、やらせてもらいますよ」

と、左文字は、いった。

川村の両親は、今、アメリカのニューヨークで花屋を開いている。最近、父親が、脳血栓《のうけっせん》で倒れて入院し、母親はその看病に追われていたから、すぐ来日はできないだろうと、思われる。

そこで、左文字が、友人として、葬式を出すことにして、ニューヨークに、電話で、しらせた。

三月十一日の午後一時から、彼の事務所でおこなわれた川村の葬式は、寂しいものだった。

私立探偵仲間は、五人しか参列しなかった。

あとは、同じ雑居ビルの住人、一階のラーメン屋の主人や二階のマージャン店の店員、四階のカラオケ店のオーナーたちだけである。

ああ、それから、刑事が二人顔を出した。片岡警部と、鈴木という刑事だが、この二人は、川村の死を悼《いた》んできたのではなく、ひょっとして、犯人が顔を出すのではないかと思って、様子を見にきたのだ。

「寂しいわね」

と、史子が、いった。

「これでいいのかもしれないよ。事件の片がついたら、二人で川村の遺骨を、ニューヨークの両親に届けよう。彼は、ニューヨークの両親のところに帰るべきなんだ」

「事件の片がついたらね」

と、史子も、うなずいた。

葬式が終わって、左文字と、史子と、川村の柩《ひつぎ》だけになった。

左文字は、ドアの鍵をおろしてから、

「さて」と、史子に、いった。

「彼の遺品を、調べよう」

「そのなかに、事件を解く鍵は、あるかしら？」

「たぶん、ないと思うね」

「どうして、わかるの？」

「この事務所は、警察が、しっかり調べている。事件に関係ありそうなものは、持ち去ったはずだ」

と、左文字は、いった。

それでも、二人は、事務所兼住居を、調べてみることにした。

二十畳ほどの事務所。その奥に八畳の寝室と、バス・トイレがついている。

まず、事務所を調べた。

キャビネットが一つ。そのなかに、川村が、これまでに手がけた調査の報告書の控えが入っていた。

全部で、七通の調査報告書の控えだった。

それに、目を通す。

「全部、去年の調査で、すでに、終わっているね」

と、左文字は、いった。

「報告書を見る限り、調査自体に問題はなかったみたいだわ」

「だから、警察も、持っていかなかったんだ」

「今年になってからの調査報告書が、一つもないのは、どうしたのかしら？　警察が持ち去ったの？」

と、史子がいった。

「二つ考えられるね。一つは、君のいうように、警察が、持ち去った。もう一つは、川村が、調査報告書の必要のない仕事を、やっていたということだね」

左文字が、いった。

「それ、どういうこと？」

「片岡という警部がいってたじゃないか。強請をやって捕まった私立探偵がいるって」

「まさか、川村さんが、強請みたいなことをやってたなんて、いうんじゃないでしょうね？」

史子が、夫を睨《にら》んだ。

「たとえ話だよ。強請でなくても、依頼主から、調査報告書は、必要ないということもあるからね」

と、左文字は、いった。

寝室の隅には、パソコンと、コピー機もあった。しかし、パソコンは、すべてのデータが消去されてしまっていた。

「川村さんを殺した犯人が、パソコンのデータも、消去してしまったのかしら？」

史子が、いまいましげに、いった。

「たぶん、そうだろう。これで、今度の事件が単なる物盗りでないことが、はっきりした。小さいか、大きいかわからないが、川村が、何か秘密をしってしまったので、犯人は口封じに殺したんだと思われるね」

と、左文字は、いった。

「でも、それを、どうやって、調べるの？　パソコンのデータは、すべて、消されてしまっているし、今のところ、犯人が、男か女かもわからないのよ」

「だから、調べるんだよ」

と、左文字は、いった。

さらに探すと、ベッドの下に、手提げ金庫が隠されているのを、見つけ出した。

番号がわからないので、鍵を叩き壊した。

なかには、アメリカのパスポートや、預金通帳などが入っていた。

（川村は、まだ、アメリカの国籍だったのか）

と、左文字は改めて、思った。

銀行も、アメリカ系のものだった。

左文字は、期待して、預金通帳を調べた。

大金をもらって、危険な仕事を頼まれていたかどうかわかると、思ったからだった。

だが、預金通帳を見る限り、一時的に、大金が振り込まれた形跡はなかった。

残金は、五万三千円しかなかった。

左文字は、預金通帳と、キャビネットから出してきた七通の調査報告書の控えを並べてみた。

完全に一致した。

預金通帳への振り込みも、去年、七回おこなわれているのだ。

「今年に入ってから、通帳への振り込みは、一回もないわね」

と、史子が、いった。

「だから、残金が五万三千円しかないんだよ」

「まるで、今年に入ってから、何の仕事もしてないみたいね」

「ああ」

「でも、仕事をしてなかったなんて、信じられないわ。一週間前に会った時、にこにこしながら、今度、彼女を紹介しますといってたんだから。お金が、五万三千円しかなくて、その上、仕事をやってなければ、あんなに、にこにこは、していられないはずだわ」

「じゃあ、もう一通、預金通帳があったのかもしれないな」

「その通帳は?」

「犯人か、警察が、持ち去ったんだろう」

「でも、金庫の鍵はしまっていたわ」

史子が、いうと、左文字は、笑って、

「犯人は、この事務所兼住居に、押し入ったんじゃない。川村が、入れたんだ。

ドアも壊れていないし、室内に争った形跡もないからね。だから、手提げ金庫の開け方ぐらいしっていただろうし、警察には、金庫の専門家がいる」

と、いった。

その時、インターホンが、鳴った。

2

左文字が、ドアを開けた。

若い女が、立っていた。

彼女は、硬い表情で、

「お葬式に遅れてしまって、申しわけありません」

と、いった。

「どうぞ、入ってください」

と、左文字は、微笑して、女を招き入れた。

事務所で、史子を紹介する。

「お二人のことは、彼から、よくきいていました。その内に、紹介するといっていたのに、こんなことになってしまって」

と、女は、いった。

「僕も、川村に一週間前に会ったとき、あなたを紹介すると、きいていたんですよ」

「お名前をききたいわ」

と、史子が、いった。

「小原《おはら》はるみです。仕事は――」

と、彼女が、いいかけると、左文字が、

「デザインの仕事をしているのでは……」

「どうして、しってるんですか？」

「寝室に、あなたの描いたデザイン画が、かかっていた。H・OHARAのサインが、ありましたよ」

「まだ、アシスタントなんです」

と、左文字は、いった。

と、はるみは、いった。

「この事件の捜査は、警察がやりますが、僕たちも友人として、犯人を見つけ出したい」

と、左文字は、いった。

「私も、何かしたいんですけど、何ができるでしょうか？」

はるみは、二人に、きいた。

「あなたのしっている川村さんのことを、話してほしいの」

と、史子が、いった。

史子は、キッチンに入って、コーヒーをたてた。それを三人で飲みながらの話し合いになった。

「まず、お二人が、いつからのつき合いか教えてください」

と、史子が、話しかける。

「去年の四月頃からです。たまたま、ひとりで、京都《きようと》を旅行していて、向こうで偶然、彼と知り合ったんです。そのあと、東京に帰ってからも、それが、続いて」

と、はるみは、いった。

「彼が、私立探偵をやってることも、しってましたか？」

と、左文字が、きいた。

「ええ。しってました」

「実は、調べたところ、去年の暮れまで、川村は、私立探偵の仕事をしていて、収入もあったんですが、今年に入ると、通帳上に、一円の収入も入っていないんです」

「本当なんですか？」

「しっていました？」

「いいえ。何もしていなかったなんて、信じられません」

「今年に入ってから、彼の様子が、変だと思ったことはありませんでしたか？仕事をしてないのかと、思ったりしたことはありませんか？」

「いいえ。別に困ったような顔もしていませんでした」

「何か高い買物をしたことは、ありませんでしたか？」

左文字がきくと、はるみは、考えてから、

「今年の二月十一日が、私の誕生日だったんですけど、その時、彼から、エルメスのバッグをいただいたんです。そんな高いものは、要らないと、いったんですけど」

「いくらぐらいのバッグですか？」

「六十万円です」

「預金通帳には、一度に、六十万円も引き出した形跡はなかったな」

と、左文字は、いった。

「やっぱり、もう一通、通帳があったのよ」

史子が、左文字に、いった。

「彼と二人で、旅行に出かけたことはありましたか？」

左文字が、はるみに、きく。

「ええ。東北《とうほく》に旅行したことがあります」

「その時、彼は、旅先で、キャッシュカードを使いませんでしたか？」

「どうだったかしら？」

と、はるみは、考えてから、

「旅行が一日、都合で延びて、その時、彼はカードを使いました」

「その正確な月日を覚えていますか？」

「一月二十六日だったと思いますけど」

と、はるみは、いった。

左文字は、手提げ金庫から、川村の預金通帳を取り出して、今年の一月二十六日を見てみた。

一月二十六日も、その前後にも、引き落とされた記録はなかった。

「やはり、もう一通、通帳があるんだ」

左文字が、目を光らせた。

「キャッシュカードも見つかっていないわ」

と、史子が、いった。

どうやら、川村は、今年に入ってから、裏の仕事をしていて、収入は、別の預金通帳を使っていたらしい。

左文字は、コーヒーを口に運んでから、はるみに向かって、

「最近、彼が何かに怯えているようなことは、なかったですか?」

と、きいた。

「そんなことは、なかったと思います。いつも、明るくて、一緒にいると、楽しかったです」

「逆に、楽しかったということですか?」

「ええ」

「じゃあ、大きなことを、いってませんでしたか? 近く、家を建てるつもりだ

とか、新車を買う予定だとかですが」

「二月の下旬だったと思いますけど、月島《つきしま》にマンションを見にいきました」

と、はるみが、いう。

「月島というと、今はやりの超高層のマンションですか？」

「ええ」

「買うつもりでいったのですか？」

「ただ、超高層マンションを見にいかないかと誘われて、彼の車でいったんです。まだ建築中で、モデルルームを見てきました」

「その時、買うつもりだといってましたか？」

「いいえ。ただ、こういう超高層マンションは好きかときかれました」

「それで、何と答えたんです？」

「素敵ね、とだけ、いいました」

「その時、彼は、そのマンションの一室を買う気だったと思います？」

と、史子が、きいた。

「わかりませんけど、高い物件は億ションでしたから、買うにしても、下のほうの三千万クラスの部屋だと思います」

と、はるみは、いった。

「川村は、仕事の話は、あなたに、あまりしなかったんですか？」

左文字が、きいた。

「ええ。たまにしか、話しませんでした。特に、今年に入ってからは、ほとんど、きいていませんでしたわ」

と、はるみは、いった。

「それは、彼が、意識して、仕事の話を避けていたんだろうか？」

「わかりません。私も、仕事が忙しくて、彼に、きくこともしませんでしたから」

と、はるみは、いう。

「私たちは、どうだったかしら？」

史子が、左文字にいった。

今年になってから、左文字は、川村に、仕事のことをきいたことが、あったろうか？

「仕事、やってるか？」

「やってますよ」

「儲かってるか？」

「儲かってますよ」

「困ってることがあったら、いってくれよ」

「大丈夫です。うまくやってます」

そんな会話しか、思い出せないのだ。

左文字は、考えこんだ。川村が、何かに怯えていたら、どこかで、ＳＯＳを発していたはずなので、それを見逃していたことはなかったろうか？

「今年のバレンタインの日じゃなかった？　その二日前の二月十二日に、二人で、新宿《しんじゅく》のＭデパートへいったじゃない」

と、史子が、いった。

「ああ、覚えてるよ。君が、チョコレートを買うというので、つき合ったんだ」

「あの日、デパートを出たところで、川村さんを見かけたじゃないの」

「あれは、人違いだよ。あとで、彼にきいたら、あの日は、新宿にはいってないといったんだ」

「ええ」

と、史子は、うなずいたが、

「こんなことになると、疑ってみる必要があるんじゃないのかしら?」

「そうだな。僕たちのしらない川村がいたということだからな」

二人が、そんな会話をしていると、はるみが、口を挟んできて、

「私も一度、同じようなことがあったんです」

と、いった。

「詳しく話してください」

と、左文字は、いった。

「私も一度、三鷹《みたか》で彼を見かけたんだけど、それをいったら、人違いだよと、笑われたことがあるんです」

と、はるみは、いう。

「それ、いつのことですか?」

と、左文字は、きいた。

「確か、二月二十日頃でした」

「間違いなく、彼でした?」

史子が、はるみに向かって、念を押した。

「私は、そう思ったんですけど、彼は、人違いだよというんで、そうかなと思ったんです」

「その時、彼は、ひとりでした？」

と、史子が、続けて、きいた。

「背の高い女の人と一緒だったんです。それが気になって、あとで、彼にきいたんですけど」

「三十代くらいの女性じゃありませんでした？」

と、史子が、きいた。

「ええ」

と、はるみが、うなずく。

「サングラスをかけて、帽子をかぶっていた——？」

「ええ」

「同じだわ」

と、史子は、いった。

「二月十二日に、新宿で見かけたとき、川村さんは、背の高い三十代くらいの女性と歩いてたんです。帽子をかぶって、サングラスをかけた――」

「きっと、同じ女の人だわ」

と、はるみが、いった。

「ひとり、容疑者が、浮かんだな」

左文字が、冷静な口調で、いった。

「ええ。そうですよ。あの女性は怪しいわ」

「川村は、身長は、百八十センチくらいだったかな」

「ええ」

と、はるみが、うなずく。

「その彼と、同じくらいの高さに見えた。ハイヒールをはいて、帽子をかぶっていたから、女の身長は百七十二センチくらいか」

「ええ」

「ほかに、彼女の特徴はなかったかな?」

「黒のシャネルのハンドバッグを肩からさげていたわ。そのバッグは、二十万以上はすると思う」

と、史子は、いった。

「詳しいね」

「それから、私たちが見たときは、寒い日で、黒の革のコートを着てたけど、あなたが見た時は？」

と、史子が、はるみに、きく。

「シャネルの黒のハンドバッグはさげてましたけど、私の見た時は、白のミンクのハーフコートでした」

と、はるみが、いった。

「それが、よく似合ってましたか？」

左文字が、きいた。

「ええ。背が高いから、よく似合ってましたわ」

「あなたが、その二人を見たのは、二月二十日の何時頃でした？」

「午後四時頃だったと思います」

「三鷹でしたね？」

「ええ」

「どんな状況で見かけたんですか？」

「あの日、三鷹に住む大学の同窓生と会ったんです。昼すぎに彼女のマンションで会って、午後四時に、駅まで送ってもらったんです。切符を買っていると、彼が、今いった女性と二人で、駅を出ていったんです」

「駅を出ていったということは、女性が、三鷹に住んでいるということかしら？」

史子が、いった。

「その可能性が強いな。僕たちが、二人を見たのも、新宿のMデパートを出て、JRの新宿駅の南口へ歩いていく途中だった。あの時、二人は、改札口を入っていくところだった。あのあと、中央線で、三鷹へいったかもしれない」

と、左文字は、いった。

「ただ、近くから、女性の顔を見ていないのが弱いわね。私たちも、はるみさんも、離れたところから、見ていたんだから。身長百七十二センチくらいで、三十代、コートを着て、ハイヒール、シャネルの黒のバッグ、帽子にサングラスしかわからない」

史子が、眉を寄せて、いった。

「それに、三鷹に住んでいるらしいこともわかっているよ」

「どうやって、彼女を見つけるの？」

「私が、やります」

と、はるみが、いった。

「どうやるの?」

「私の仕事って、自由が、きくんです。だから、毎日、JR三鷹駅に、張り込みます」

「しかし、一日中、張り込んでいるわけにはいかないだろう?」

「私は、午後四時頃に、見かけたんです。だからその時間に、三鷹駅の北口に、張り込みます」

と、はるみは、いった。

「でも、気をつけなさいね。川村さんは、撃たれて、亡くなったんだから」

と、史子が、いった。

3

翌日、左文字と史子は、川村の遺体を荼毘《だび》に付した。

小雨が降っていて、寒い日だった。

川村は、百八十センチの大きな男だったが、小さな骨壺に入ってしまった。

遺骨は、誰もいない事務所に置くわけにもいかないので、西新宿のビルのなかにある、左文字の探偵事務所兼住居のほうに、持ってきた。

この事件が、解決したら、ニューヨークの両親のところに届ける気持ちは、変わっていなかった。

「ねえ」

と、史子は、三十二階の窓から、地上を見下ろしながら、いった。

「川村さんは、どんな事件に巻きこまれたと思う？」

「わからないが、拳銃でいきなり射殺してしまうんだから、冷酷な犯人だとは、思うがね」

左文字は、ソファに体を沈め、目を閉じている。

「三十代の女性は、どんな関係だと思う？　その女性が川村さんを撃ったとは、考えにくいんだけど」

「それは、わからないな。拳銃の引き金をひくぐらい、子供だって、できるからね」

左文字は、意地悪く、いった。

「いつも、気になってることがあるんだけど」

「フェミニストの多いアメリカ帰りのくせに、あなたって意外に、女性に対して、辛いのね」

「何だい？」

「僕は、公平に見てるつもりだけどね」

「公平に疑うわけ？」

「小原はるみさんだって、疑えば疑えるからね」

と、左文字は、いった。

史子は、眉を、きっと寄せて、

「彼女まで、疑うの？」

「いいかね、彼女は、自分で川村の恋人だといっているが、証拠はないんだ。僕も君も、川村の恋人の名前も、顔もしらないんだからね。川村を殺した犯人の仲間が、恋人だと名乗って、こちらの様子を見にきたのかもしれない」

「呆《あき》れたわ。彼女は、犯人とは、関係ないわ」

と、史子は、いった。

「どうして、わかるんだ？」

「直感でわかるの」

「女の勘か」

「男の勘より確かよ」

と、史子は、笑った。

午後になると、川村の司法解剖の結果などがわかってきた。ただ片岡警部がしらせてくれないので、左文字は、知り合いの矢部警部から、きいたのである。

死亡推定時刻は、三月八日の午後九時から十時の間である。

死因は、背中から、二発銃弾を浴び、一発は、心臓に命中した。失血死だった。

胃袋のなかから、かなりのビールが検出された。したがって、川村は犯人と、ビールを飲んでいる最中に、背後から、それも至近距離から、撃たれたことが考えられる。

しかし、現場のテーブルにも、床にも、ビールのコップも、ビールの缶も見つからないから、犯人がコップは洗ってしまい、缶は、持ち去ったに違いない。

室内から、指紋は採取したが、そのなかには犯人のものと推定できるものは、なかった。

室内を調べたが、伝票や手紙などは発見されず、パソコンのデータは、すべて消去されてしまっていた。

キャビネットからは、七通の調査報告書の控えが見つかったが、いずれも、すでにすんだもので、犯人と、結びつく可能性は少ない。

寝室のベッドの下から、手提げ金庫が、発見された。なかを調べたところT銀行の預金通帳が、見つかったが、残金は、五万三千円だった。

T銀行は、アメリカ系の銀行である。

そのほか、被害者の川村英祐は、アメリカ国籍を有しており、そのことが、殺人と関係があるかもしれないと、警察は見ている。

これはすべて、矢部警部から、FAXで、しらされたものだ。

「小原はるみさんのことは、出ていないわね」

と、史子が、いった。

「すぐ、警察も掴むさ。本当に、僕たちが、警察の先をいっているのは、川村と背の高い女のことだけだよ」

「小原はるみさんが、可哀相」

「恋人がいるのに、川村が、背の高い女と、つき合っていたからか？」

「ええ」

「ただ二人が、どんな関係かわからないよ」

「何でもない女を、わざわざ、三鷹まで送っていくものですか」

と、史子は、怖い目をした。

4

その日、はるみは、問題の女を、見つけられなかった。

翌日も、彼女は、午後になると、JR三鷹駅に出かけた。

三日目もである。

（この気持ちは、何だろう？）

と、はるみは、自分でも考えてしまう。

自分でも、よくわからないのだ。川村に好意を持っていた……。

アメリカ育ちで、日本の男にはない明るさと、素直さを持っていた。そこが、好きになった理由かもしれない。

しかし、彼との結婚までは、考えていなかった。川村のほうも、同じだったと思う。

川村といれば楽しかった。

それ以上でも、以下でもなかった。

あのまま、続けていたら、どうなったか、はるみ自身にもわからなかった。結婚までいっていたかもしれないし、わかれていたかもしれない。

それが、川村の突然の死で、変わってしまった。

川村を殺した犯人を見つけ出したい。これは、愛かもしれないし、女の意地みたいなものかもしれなかった。

四日目も、JR三鷹駅へ出かけたのは、明らかに、意地だった。

午後四時近くになると、はるみは、自分の車から、北口の出口を、見ていた。

まだ、ラッシュアワーの時間ではないので、降りてくる乗客の数は少ない。

「あっ」

と、小さく声をあげた。

（あの女だ）

と、思った。

今日は、ひとりだが、間違いなく、二月二十日の午後四時頃に、川村と肩を並べて、改札口を出ていった女だった。

今日も、サングラスに帽子、そして、白いミンクのハーフコートを着ている。

彼女が、立ち止まった。小さく手をあげると、車が、近づいてきた。

シルバーメタリックのベンツが、女の脇で停まった。

湘南《しょうなん》ナンバーの車だった。

女が、その車の助手席に乗りこんだ。ゆっくり走り出す。

はるみは、慌てて、ベンツを追った。

赤信号で、停まったところで、はるみは、携帯電話で左文字に連絡した。

「今、三鷹です。例の女性を見つけて、これから車を追います」

はるみがいうと、左文字は、

「やめなさい。危険だ」

と、いった。

「大丈夫です。危なくなったら、逃げますから」

「川村は、撃たれて亡くなったんですよ。あなたは弾丸より早く逃げられますか？」

「人のいるところで、撃ってきたりはしないでしょう。大丈夫です。それより、湘南ナンバー〇〇××の車の持ち主を調べてください」

と、はるみは、いった。

「何のナンバーですか？」

「今、目の前にいるシルバーメタリックのベンツです。あの女を乗せて、小平《こだいら》方面に向かっています。中年の男が、運転しています」

と、いったとき、信号が変わって、ベンツが動き出した。

はるみも、携帯電話をほうり出して、ハンドルを握りしめた。

ベンツは、ゆっくりと、走っていく。

声の出ている携帯電話を、左手で拾いあげた。片手運転しながら、

「もしもし」

「急に、声がしなくなったんで、心配していたんですよ」

と、左文字が、いう。

「向こうの車を追うので、片手運転が、危険なので」

「今は、大丈夫なの？」

「向こうが、ゆっくり走ってますから、大丈夫です」

「それならいいが」

「ナンバー、調べてくれました？」

「調べたわ」

と、史子の声に代わった。

「そのナンバーの車の持ち主は、逗子《ずし》に住む石田隆之《いしだたかゆき》、五十二歳と、わかったわ」

「何をしている人ですか？」

「それは、調べてみないとわからないわ」

と、史子は、いった。

「あっ」

と、ふいに、はるみが、小さく叫んだ。

急に、前方のベンツが、スピードをあげたのだ。

はるみも、携帯電話をほうり出して、慌ててアクセルを強く踏んだ。

5

夜に入っても、はるみと、連絡が取れなかった。

携帯電話は、繋がっているのに、はるみが出ないのだ。

「何かあったんだわ」

と、史子が、いった。が、何があったのかが、わからない。

左文字は、東京の地図を広げた。

はるみのいうとおりなら、今日の午後四時、例の女を見つけた。

そのあと、中年の男が、湘南ナンバーのベンツに、女を乗せて、三鷹から、小平方面に走り出したので、はるみも、自分の車で、追いかけた。

午後四時三十分。

はるみのいうナンバーの車が、逗子の石田隆之の車とわかって、彼女に伝えた。

その直後から、連絡が取れなくなってしまったのである。

「小原はるみの車は、わかっていたね？」

と、左文字は、きいた。

「ニッサンの黄色いマーチ。ナンバーは、品川《しながわ》×××」

と、史子が、メモを見て、いった。

「探しにいこう。心配だ」

左文字が、いった。

二人は、携帯電話を持ち、愛車のミニクーパーSで、出発した。

すでに、夜の九時を回っている。

はるみと連絡が取れなくなって、四時間三十分がすぎていた。

左文字の運転で、甲州街道《こうしゅうかいどう》を飛ばして、三鷹に着いた。

駅前で、車を駐めた。

ここから、問題の女は、迎えにきたベンツに乗って、小平方面に向かった。はるみは、そういっていた。

一応、左文字は、車を、小平方面に向かって走らせてみた。

ゆっくりと走らせ、駐まっている車を、調べていく。

はるみの車は、なかなか見つからなかった。

「彼女の携帯に繋がらなくなったわ」

と、史子が、いった。

「電池がなくなったのかな?」

「それとも、壊れたのか。圏外じゃないわ」

「逗子へいってみよう」

と、左文字は、いった。

「ベンツの持ち主ね」

「そうだよ」

と、うなずくと、左文字は、車をUターンさせた。黙って、アクセルを踏みこむ。

表情が、険しくなっていた。

「何かあったと思う?」

と、史子が、きく。

「何もなければいいと思っている」

と、左文字は、いった。

二時間後、左文字の車は、逗子の市内に入っていた。

車を停め、派出所で、石田隆之の名前をいって、住所をきく。

巡査が、簡単な地図を描いてくれた。

その地図にしたがって、車を走らせた。

海に面した家だった。

その広さに、まず二人は驚かされた。

低い門から覗くと、海に面して広がる芝生の庭が見えた。

その奥に、白亜の殿堂といった感じの二階建ての家が建っている。

桟橋には、大型のクルーザーが繋留《けいりゅう》されていた。

車庫の扉は閉まっているので、そのなかに、あのナンバーのベンツが入っているのかどうかは、わからなかった。

「とにかく、大きな邸ね」

と、史子が、いった。

左文字は車を駐め、双眼鏡を取り出した。双眼鏡に、デジカメがついている代物《しろもの》だった。

門の鉄柵越しに、じっと建物を見てみた。

明りはついているのだが、人の動きは、見られない。

左文字は、双眼鏡を、建物から、クルーザーのほうに向けた。

クルーザーのキャビンにも、明りがついていた。誰か乗っているのだろうか。

「バブルがはじけた今だって、これだけの豪邸なら、五、六億円はするわね」

史子は、そんなことを、いっている。

「五つだな」

と、左文字が、呟いた。

「何が？」

「正門に監視カメラが、二つ。それから建物に、ここから見えるだけでも三ついてる。裏口にだって、当然、監視カメラがついているはずだ」

と、左文字は、いった。

「用心のいいこと」

史子が、笑った。

「ちょっと、悪戯、してみようか」

と、左文字が、いった。

「泥棒の真似なんかいやよ」

「そこまではしない」

左文字はいったん車を出て、石を拾うと、車に戻ってから、窓を開けた。

狙いをつけて、石を、門に向かって投げた。

石が、鉄柵を飛び越えて、邸内に落ちた。

とたんに、サイレンが、鳴りひびいた。

左文字は、車を急発進させ、山に向かって、坂道を駆けあがった。

その途中に、車を駐めた。

石田隆之の邸を見下ろす場所だった。

数分後に二台のパトカーが、駆けつけてくるのが見えた。門が開き、パトカーから降りた警官たちが、なかに入っていく。

「赤外線のバリアが、張られていたのね」

と、史子が、いった。

「思ったとおりだよ」

と、左文字が、苦笑した。

建物のなかから、男が出てくるのが、見えた。

左文字は、双眼鏡を覗く。

二十代の若い男だった。はるみのいっていた中年の男ではないらしい。

若い男は、警官たちに向かって、何か喋っている。

連中は、門のところまで戻ってきた。警官のひとりが、左文字のほうった石を見つけて拾いあげるのが、見えた。

若者は、手を振りあげて、その石が、鉄柵を飛びこえて、投げこまれたと説明しているように見えた。

その説明に納得したのか、警官たちは、二台のパトカーに乗りこんで、引き揚げていった。

若い男は、門の鍵がおりているのを確認してから、建物のほうへ戻っていった。

「面白いね」

と、左文字は、小さく笑った。

6

しかし、翌日になっても、小原はるみから電話はかかってこなかったし、左文字の事務所に、現れもしなかった。

左文字は、史子と、彼女の住んでいる渋谷《しぶや》区初台《はつだい》のマンションに出かけた。十二階建てのマンションだった。

地下に駐車場があった。

彼女の部屋は、808号室である。管理人にきくと、

「お留守ですね」

と、いう返事が、返ってきた。地下の駐車場も見せてもらったが、彼女の黄色いマーチはなかった。

「どうなっちゃったのかしら？」

史子は、考えこんでしまった。

「今のところ、手がかりらしいものは、逗子の石田隆之しかない。会いにいってみよう」

と、左文字は、いった。

いく前に、図書館へ寄って、紳士録を見てみた。

石田隆之という名前は、載っていた。

〇石田隆之（五十二歳）

ＩＲＣ社社長
ＩＲＣは、年商九十六億円

家族は、妻　圭子《けいこ》　四十五歳
　　　長男　勲《いさお》　二十四歳
　　　長女　あゆみ　二十二歳

住所は、逗子のあの邸宅になっていた。

「ＩＲＣというのは、何の会社かしら？」

と、史子が、きいた。

「何かな。きいたことはないが」

左文字は、会社情報を借りて、ＩＲＣについて調べてみた。

ＩＲＣ＝石田ラジコン機器株式会社となっていた。

「ラジコン会社なの」

史子は、ちょっと、拍子抜けした顔になっていた。

「世界のトップクラスと書いてある」

「でも、いってみれば、おもちゃ会社でしょう」

と、史子は、いった。

「どんな人間が、社長なのか、会ってみたいね」

図書館を出てから、左文字が、いった。

「でも、会ってくれるかしら？」

「どうかな」

左文字にも、わからなかった。

車に戻ってから、左文字は、石田隆之の自宅に電話をかけた。

相手が出ると、わざと英語で、

「私は、アメリカの科学雑誌、USサイエンスの記者ですが」

と、いった。

相手が、慌てて代わった。今度は、綺麗な英語で、

「私は、IRCの石田ですが、ご用件を教えてください」

と、男の声が、いった。

「私の雑誌では、来月号で、ロボットの特集をやることになっています。世界的には、産業用ロボットの研究が盛んですが、そんななかで日本は、人間型のロボットの開発が盛んです。そのことについて、日本で、ラジコン機器でトップクラスのIRCの石田社長に、いろいろと、おききしたいと思いまして」

と、左文字は、いった。

「なるほど、それなら、お出でください。お会いしますよ」

と、相手は、いった。

逗子の邸に着き、インターホンで、来意を告げると、すぐ、なかへ通された。

広いホールに入ると、五匹の土佐犬《とさいぬ》がずらりと並んで、左文字たちを迎えた。

本物の犬ではなかった。

どれも、ロボットだった。左文字たちが近づくと、五匹の犬の目が赤く光り、唸り声をあげた。

奥では、石田が、待っていた。

背の高い男で、唇の薄さが、理知的にも見え、冷酷な感じにも見えた。

左文字は改めて、英語で、自己紹介をしてから、

「こちらは、通訳を頼んでいるミス・史子ですが、どうも、通訳の必要はないようですね」

と、いった。

石田は、二人に、ソファにかけるようにすすめてから、

「失礼だが、ハーフの方ですか？」

と、左文字に、きいた。

「父はアメリカ人ですが、母は日本人です」

「なるほど」

「玄関ホールでは、ロボットの猛犬に迎えられて、びっくりしましたよ」

と、左文字は、笑った。

「そうですか。アメリカ人は、合理的だからロボットは、機械の固まりで、いいんでしょうが、日本人は情緒的ですから、ロボットも、人間の形をしていたり、犬や猫の形をしていてほしいんですよ」

「やっぱり、鉄腕アトムの影響ですか」

「ロボット研究者の夢は、アトムなんですよ」

「IRCの将来の夢をきかせていただけませんか？　どんなロボットを作ろうとされているのかということも」

と、左文字は、いった。

「そうですねえ」

と、石田は、考えて、

「これまで、電波の届く範囲が限られていたんです。これからは、それが無限に広がるものと思っています」

「しかし、電波の届く範囲は、今でも、限られているでしょう?」

「これが、あります」

石田は、ポケットから携帯電話を取り出して、テーブルの上に置いた。

「これは日本中、たいていのところまで、かかります。これを、ロボットに組みこむんです」

と、石田はいい、横に置かれた、人間型のロボットを、指さした。

「このロボットに携帯電話を組みこんだらどうなるか。ロボットが九州《きゅうしゅう》に置かれていても、携帯電話をかければ、ここにいて、自由にロボットをコントロールすることが、できるんです」

「なるほど」

「携帯電話のなかには、世界中で、使用できるものもあります。私も持っていますがね」

と、石田は、いった。

「その携帯電話をロボットに組みこめば、ロボットをニューヨークに置いて、ここから、操作することもできるわけですね」

と、左文字は、いった。

「そうなんですよ。それに——」

と急に、石田は、悪戯っぽく笑った。

「ロボットのなかに、プラスチック爆弾を仕かけておくんです。そして、今いったように、携帯電話を組みこみます。爆弾を、ある信号音で爆発するようにしておくんですよ」

「ええ」

「例えば、ドレミファのドの音の連続で、爆発するようにです」

「——」

「ご存じのように、今の電話のナンバーキーは、別々の音階になっています。目の不自由な人のためだといわれていますが」

「それは、きいたことがあります」

「そこで、ロボットに、プラスチック爆弾と携帯電話を組みこみ、そのロボットを、首相官邸へ献上します。そして、離れた場所から電話をかけます。首相が、面白がって、応答する。電話を使った質問をしておいてから、電話のナンバーキーのドのキーを、四回続けて押す。それで、ドカーンです」

「——」

「首相は、間違いなく、即死します」

「――」

「ああ、これは、あくまでお話ですよ」

と、石田は、笑った。

左文字が、礼をいって、帰ろうとすると、石田は棚から、猫のロボットをおろして、

「今日の記念に、プレゼントしますよ」

と、いった。

「これには、まさか、プラスチック爆弾は入っていないでしょうね?」

と、左文字は、笑いながら、きいた。

「もちろん、ノーです。私にも、プラスチック爆弾は手に入りませんから」

と、石田は声に出して、笑った。

二人は、その猫ロボットを持って、邸を出た。

リアシートに置いて、車を、スタートさせた。

「気味が悪いわ」

史子は、助手席から首をねじ曲げて、リアシートを見た。

「まさか、プラスチック爆弾を仕こんでないだろう」

と、左文字は、いった。

「でも、ああいう男は、何をやるかわからないわよ。面白がって、人を殺しそうだもの」

と、史子は、いった。

「爆弾のほかに、携帯電話も、組みこむといったじゃないか」

「ええ」

「だから、あの猫ロボットのなかで、電話が鳴ったら、一目散に逃げ出せばいいんだ」

と、左文字は、いった。

「そうかもしれないけど」

「あんまり、心配しなさんな」

左文字は、ハンドルを握ったまま、いった。

そのまま東京都内に入るところで、突然、史子が、

「わあっ」

と、叫び声をあげた。

「何だ？」

「あれよ！」

と、史子は、バックミラーを、指さした。

リアシートに置いた猫ロボットから、白煙が、噴き出しているのだ。

「爆発するわ！」

と、史子が、悲鳴をあげ、二人は、車から飛び出した。

ちょうど、多摩川《たまがわ》の橋の上だった。

しかし、いつまでたっても、白煙だけで、爆発しなかった。

「畜生！」

と、左文字が、舌打ちした。

「発煙筒を組みこんだんだ」

「なぜ、そんなことを？」

「僕たちを、からかったのさ。最初から、雑誌記者なんて嘘は、バレバレだったんだ」

左文字は、リアシートから、猫ロボットを摑むと、橋の上から、眼下の多摩川に、投げ捨てた。

第二章　依頼者

1

三月十五日午後二時。

左文字の事務所に、若い女が訪ねてきた。インターフォンで最初声をきいた時は、行方不明になっている小原はるみかと思ったが、彼女ではなかった。

年齢は、二十二、三歳といったところだろうか。サングラスを、かけていたのだが、部屋に入ってきても、それを取ろうとはせず、

「左文字さんですわね？」

と、確かめるように、きいた。

「そうですが」

と、左文字は、うなずいてから、

「まあ、お座りください。何の、ご用件ですか？」

女は、勧《すす》められるままに、椅子に、腰をおろしてから、じっと左文字を見つめて、

「川村さんの、お友だちですわね？」

と、また、確かめるように、きいた。

「ええ、川村というと、川村英祐のことですか？」

「川村探偵事務所の川村さん」

と、女は、いった。

「その川村なら亡くなりましたが」

と、左文字は、いった。

「ええ、しっています。だから、こうして、あなたを、探してきたんです」

と、女は、怒ったように、いった。

「とにかく、ご用件を、いってください」

と、左文字は、いった。

「川村さんに、私、ある調査を、お願いしていました」

「なるほど」

「川村さんが、この調査は、難しいので費用がかかると、おっしゃるので、私、三百万円を、お渡ししました。川村さんは、三月十日に調査報告書を、くださるといったんです。それなのに、三月九日に、亡くなってしまって、報告書は、どこにいったんでしょうか？　あなたが、川村さんのお友だちなら、ご存じありません？　私、どうしても、その報告書を読みたいんです」

と、女は、いった。

女が、嘘をいっているようには、見えなかった。川村は、三百万円を受け取って、何かの調査を、していたらしい。左文字は、川村から何も、きいていなかった。

「よろしかったら、川村に、頼んだ調査がどんなものか、教えていただけませんか？」

と、左文字は、ていねいに、いった。

「お話ししたら、どうなるんでしょうか？　川村さんから、問題の報告書を受け取っていらっしゃらないんでしょう？」

女が、きく。

「僕は、川村の友人です。ですから、友人としての、責任がある。あなたの頼んだ調査が、本当に三百万円に値するものなら、僕が、川村を、引き継いで調査をしますよ」

と、左文字は、いった。

「私の名前は、池田綾《いけだあや》です」

と、女は、いった。

「それで、あなたは、川村に、何を頼んだのですか？」

「去年の暮れに、私の父が、病気で亡くなりました。父が本当に、病死かどうかを、調べてもらっていたんです。私にはどうしても、父が病死したとは、信じられなくて」

と、池田綾は、いった。

左文字は、相手の顔を、じっと見て、

「ひょっとして、あなたのお父さんは、池田工業社長の、池田浩一郎《こういちろう》さんじゃありませんか？」

と、きいた。

「ええ、父は、池田工業の社長でしたけど」

と、綾が、いった。

「その事件なら、よく覚えていますよ。僕にいわせると、あの事件は非常に面白い。いや、失礼、面白いといったら、亡くなった方に対して申しわけありませんが」

「いえ、面白いと、思って構いません。みんな、警察もですけど、父が、病気で、亡くなったといっていますが、私には、信じられないのです。ですから、本当の死因を、調べてもらおうと思って、興信所や私立探偵に、お願いしようとしたんですが、誰も取り合ってくれなくて、やっと、川村さんが、調べてみようと、いってくれたんです。それで、今年になってから、調べてもらっていました。お金がかかるというので、毎月、百万円ぐらい、川村さんに、払っていました。それが三月に入って、本当の死因が、わかったというので、三百万円を、お渡ししたんです。そうしたらその川村さんが、亡くなってしまって」

と、綾は、いった。

「川村は、あなたのお父さんの、死因を、調べていたのですか」

と、左文字は、呟いてから、

「わかりました。川村の、書いた調査報告書は、ありませんが、これから、彼を、引き継いで、僕が調べてみましょう」

　左文字は、綾に、いった。

「本当に、調べて、いただけるんですか？」

　と、綾が、きく。

「調べますよ。非常に面白い。いや、またいってしまった。興味のある、事件ですからね」

　と、左文字は、いい直した。

　友人の、川村の敵も討ちたい、そういう思いも、左文字にはあった。

「では、左文字さんに、いくらお支払いしたらいいんでしょうか？　いくらでも、お支払いしますが」

　と、綾が、いった。

「実費だけで、いいですよ。こういう事件なら、自分のほうから調査してみたいくらいですからね」

　と、左文字は、本気で、いった。

2

池田綾が帰ったあと、史子が、左文字に、向かって、

「大丈夫なの？　あんなに、安請け合いなんかしてしまって」

と、咎めるように、いった。

「どうして？」

と、左文字が、きく。

「私だって、あの事件は、新聞で読んで、興味があったわ。月島の超高層マンションの最上階で、そこに住んでいる、池田工業社長の池田さんが、パジャマ姿で、死んでいたという事件でしょう。鍵は、内側から、閉まっていたし、人が、きた様子もない。セキュリティシステムが完備していて、犯人が、忍びこむことが、できないマンションなのよ。警察も医者も、池田社長は、心臓発作で、死んだと断定してるじゃないの。娘さんが、病死なんて、信じられないというのは、わかるけれども、あれが、病死ではなくて、事件だなんて、とても、信じられないわ」

と、史子は、いった。

「そのとおりだよ。だが、それを、川村が調べていたんだ。そして、何かを摑んだから、殺されたんじゃないか？　だから、僕としては、彼の志を継いで、調べてみたいんだよ」

「でも、成算はあるの？　失敗したら、みじめなことになるし、あの、お金持ちのお嬢さんから、一円も、もらえないわよ」

と、史子は、強い調子で、いった。

「とにかく、やってみようじゃないか。僕は彼女に、失礼なことを、いってしまったが、本当に、面白い事件だと、思っているんだ。調べるに値する、面白い事件だよ」

と、左文字は、繰り返した。

翌日、左文字は、知り合いで、警視庁捜査一課で働く矢部警部に、会いに出かけた。

警視庁のなかで、会うわけには、いかないので、電話で、呼び出し、近くの、日比谷《ひびや》公園のなかにある、喫茶店で、会うことにした。

コーヒーを飲みながら、左文字は、

「去年の暮れに起きた、月島の超高層マンションの事件なんだがね」

と、切り出すと、矢部は、笑って、

「また何か、妙なことに、首を、突っこんでいるんじゃないのか？」

と、いった。

「例の、池田工業社長の、死んだ事件だよ」

と、左文字は、いった。

「ああ、あれは、事件にはならないよ。断言してもいい。あれは、病死だ」

と、矢部は、いった。

「それは、僕も、新聞で読んでいる。ただ、警察は、特別な情報を、持っているんじゃないかと思ってね」

と、左文字は、いった。

「池田工業というのは、電気通信の業界ではかなり有名な、会社だからね。その社長が突然、高層マンションのなかで死んでいれば、誰だって関心を持つ。それに、ひとり娘の綾さんという女性が、頑強に、病死ではなくて、殺されたんだというもんだから、警察としても、ほうっておけなくて、一応、調べているよ」

「それを、詳しく、しりたいんだ」

左文字が、いった。

「詳しく話しても、仕方がないんだが、一応話すけどね。場所は、超高層マンションの最上階にある二百五十平方メートルはある大きな部屋でね。そこの寝室で、社長の、池田浩一郎が、パジャマ姿で、死んでいた。ドアは、きっちりと、なかから施錠されていたし、人が入った、形跡もない。それに、あのマンションは、セキュリティが、完璧でね。管理人が常駐しているし、怪しい人間が侵入した形跡もないんだ。診断した医者も、死因は、心臓発作だといっている。その死亡診断書も、ちゃんとあるよ。だから、あれは間違いなく、心臓発作で死んでいるんだ。病死だよ」

「その時、奥さんは、どこにいたんだ？」

と、左文字が、きいた。

「奥さんとは、二年前に、離婚している。それに、ひとり娘の綾という人は、独立して、別のマンションに、住んでいたから、その時、池田社長は、ひとりで、広いマンションに、住んでいたんだよ」

と、矢部が、いった。

「その、広い室内に、人が侵入した形跡は、まったくなかったのか？」

と、左文字が、念を押した。

「慎重に、調べたがね、まったく、なかった」

矢部は、断言した。

「今、そのマンションは、どうなっているんだ？」

と、左文字が、きいた。

「確か、娘さんが、住んでいるんじゃないかなあ」

矢部が、いった。

「ところで、池田社長が、死んだことで、得をした人間は、いるのか？」

と、左文字が、きいた。

矢部は、笑って、

「これが、殺人事件なら、誰が得をしたか、問題になるが、今も、いったように、病死だからね。遺産は、ひとり娘の、今いった綾という人が、継ぐだろうし、わかれた奥さんにも、少しは、いくんじゃないかな」

と、いった。

「念のためにききたいんだが、娘さんが引き継ぐ遺産というのは、どのくらい、あるんだ？」

と、左文字が、きいた。

「会社は、別にして、個人資産は確か、二十億ぐらいじゃないかなあ」

と、矢部は、いった。

「二十億なら、殺人の動機にはなるな」

「ならないよ」

と、矢部が、いった。

「その二十億円を、もらった人間が、病死じゃなくて、殺人に違いないから、調べてくれと、しつこく、いっているんだからね」

「なるほどね。ますます、面白い」

左文字は、いった。

「何が、面白いんだ？　君が、いくら突き崩そうとしたって、病死の線は、動かないよ。調べるだけ、損だと思うがね」

矢部は、忠告するように、いった。

「池田社長が死んだのは、確か、去年の暮れだったね」

と、左文字は、改めてきいた。

「十二月二十五日だ。二十五日の夜、心臓発作で倒れ、翌日の夜、発見された。

「それで、大騒ぎになったんだ」

と、矢部は、いった。

3

左文字は、矢部とわかれたあと、電話で、妻の史子を誘い出し、一緒に、月島の、問題の超高層マンションに、出かけた。

史子の、運転する車のなかで、彼女が、

「矢部さんは、どういってたの？」

と、きいた。

「無駄なことは、しないほうがいいと、忠告されたよ。あれは、どう見ても、病死で、事件じゃないとも、いっていた」

と、左文字は、いった。

「それごらんなさい。矢部さんの、忠告が、正しいと思うわ」

と、いってから、史子は、

「でも、あなたは、その無駄なことを、やるつもりね？」

「そうだ。やるつもりだ。だからこれから、現場の、超高層マンションにいって、もう一度、昨日きた、娘さんに会う」

と、左文字は、いった。

二人は、月島の、超高層マンションに着いた。

玄関に立って、最上階の、問題の部屋の、番号を押す。インターフォンで、来意を伝えると、池田綾の声が、返ってきて、

「入ってください」

と、いった。

玄関のドアが開き、二人は、なかに入る。

ホテルのロビーのような、豪華なエントランスがあって、管理人が、じっとこちらを見ていた。そこで、左文字は、最上階に、いくことを告げてから、エレベーターに乗った。

最上階にあがると、池田綾が、部屋のドアを開けて、二人を待っていた。

「きてくれたんですね」

と、綾が、いった。

「ええ、きましたよ。興味のある事件だと、いったじゃないですか。それに、僕

は、友人の敵を取りたいんですよ」

　と、左文字は、いった。

　広い部屋に、通された。四十畳以上はあると思われる、リビングからは、大きなガラス窓を通して、東京湾が、一望できた。

　だが、今の左文字には、その、素晴らしい眺望も、関心の外だった。

「問題の寝室を、見せて、もらえませんか？」

　と、左文字は、綾にいった。

「どうぞ」

　と、綾はいい、主寝室に、二人を案内した。

　広い寝室で、寝室のなかに、机と椅子が置かれ、これも小さいが、ホームバーも作られていた。

　確か、新聞報道によると、池田社長が、死んだのは、十二月二十五日の十二時すぎで、パジャマ姿で、床に倒れているのが、翌日になって、発見されたことになっている。

　左文字は、寝室のなかを、見回してから、

「この部屋は、その時の、ままですか？」

と、綾に、きいた。

「ええ、私も、使っていません。この部屋は大事に、とってあるんです」

と、綾は、いった。

「とってある」といういい方が、何かおかしかった。警察用語でいえば、現場保存だろう。

「新聞で読んだんですが、この最上階の部屋は入口のドアが、なかから施錠されていて、人の入った気配はない。セキュリティが完全だから、犯人が、この部屋に、忍びこむことは、まず不可能だと、新聞には、書いてありました。また、遺体を調べた医者は、心臓発作だと、断定していますね。それに、警察も、あなたが、おかしいというので、調べたといっていました。調べたが、殺人の疑いは、まったく、なかったといってました。それでも、あなたは、お父さんが、病死だとは、思っていないんですね？」

と、左文字は、きいた。

「ええ、思って、いませんわ」

綾は、きっぱりと、いった。

「その理由をきかせてくれません？」

史子が、いった。

「医者は、心臓発作だと、いっていますが、父は人一倍、心臓が、丈夫だったんです。亡くなった時は五十二歳でしたが、それでも、毎日ジョギングを、楽しんでいたし、マラソンにも参加して、完走しているんです。そんな父が、心臓発作で死ぬなんて、考えられないんです」

と、綾は、いった。

「それだけですか？」

「私には、それだけで、充分です」

史子が、きいた。

綾が、反発するように、調べてくれと、史子にいった。

「それで、川村に、いったんですね？」

と、左文字が、いった。

「ええ、昨日も、いいましたけど、警察にもいったし、ほかの、探偵さんにも、頼もうと思ったんですけど、断られたんで、川村さんに、お願いしたんです。川村さんだけが、引き受けてくれて、お正月から、ずっと調べてくれていたんです。三月になって、やっと、事件の謎が、解けた、十日に調査報告書を書いて、お渡ししますよと、いってくれたんです。だから、お金がいるといわれて、三百万円お渡ししたんです」

と、綾は、いった。

「川村は、あなたに向かって、三百万円必要だと、いったんですね？」

と、左文字が、きいた。

「ええ、事件の真相をしるのに、どうしても、まとまった、お金がいるというので、三百万円、お渡ししたんです」

と、綾は、いった。

「その三百万円は、いつ渡したんですか？」

と、左文字は、きいた。

「確か、三月一日でした」

と、綾が、いう。

しかし、殺された川村は、三百万円は、持っていなかった。とすると、その三百万円は、どうしたのだろうか？　犯人が持ち去ったのか？

「失礼ですが、池田社長は、去年の末頃、何か、問題を、抱《かか》えていませんでしたか？」

と、左文字が、きいた。

「私は、父の仕事の内容については、興味がなかったので、ほとんど、教えてもらって、いませんでした。だから、仕事上のことで、父がその頃悩んでいたとしても、私には、わかりません。個人的には、私は、父が母と、復縁してもらえればいいと思っていましたが、それは父と母の問題で、私からは、何もいっていません」

と、綾は、いった。

「お父さんが、死んだのは、十二月二十五日ですが、その前に、あなたが、ここを、訪ねたことはあるんですか？」

と、左文字は、きいた。

「ここにきたのは、確か、亡くなる、一週間くらい前だと、思います。その時の父は、別に、何の悩みもなさそうで、私と一緒に、楽しそうに、お酒を、飲んでいましたけど」

と、綾は、いった。

「しかし、あなたは、お父さんが、病死ではなく、誰かに殺されたと、思っているんでしょう？」

史子が、いった。

「ええ、そう思っています」

「もしそう思っているなら、犯人がいて、犯人には、お父さんを、殺す動機があるわけでしょう？　その動機について、何か、思い当たることは、ないんですか？」

と、史子が、きいた。

「父は、誰かに、恨みを受けるような、人間ではありません。これは、私の、身びいきじゃありません。父は、厳しい人でしたけど、えこひいきは絶対にしない人でした。だから、人に信用されていたんです」

「でも、お父さんが、殺されたのならば、何か、動機があるわけでしょう？」

なおも、史子が、いった。

「だから、川村さんに、それを、調べてもらっていたんです」

と、綾は、いった。

「川村に、最後に会った時のことを、詳しく話してください。川村はあなたに、すべてわかったから、調査報告書を、渡すといったんですね？　また、真相をしるには、お金がいるといって、三百万円を、あなたに、要求した」

左文字が、いった。

「ええ。すぐに、三百万円おろして、川村さんにお渡ししました」

「その時、あなたと川村の間に、どんな、会話があったんですか？　それがしりたいんです」

と、左文字は、いった。

「三月一日に、お会いしたんですけど」

と、綾が、いう。

「どこで会ったか、それも教えてください」

と、左文字が、いった。

「確かあれは、川村さんの事務所です。私が、訪ねていきました。一月から、お願いしていたんですけど、それが、どうなっているのかをききたくて」

と、綾は、いった。

「その時、川村は、正確にいうと、どんなふうにいったんですか？」

と、左文字が、きいた。

「お会いして、私が、調査が、どうなっているのかを、きいたんです。そうしたら、川村さんは、にっこりして、何とか、目鼻が、つきそうですよと、いわれました。そこで、父が、病死ではなくて、誰かに、殺されたことが、わかったんですかと、私はききました。すると、川村さんは、あなたの思っているとおり、お父さんの死は、単なる病死では、ありませんね。ただ、真相に近づくには、お金がいるんです。それも大金が。二、三百万は必要ですと川村さんが、おっしゃったんです」

と、綾は、いった。

「それであなたは、すぐに、三百万円を、用意したんですね？」

「ええ。すぐ、近くの、M銀行の支店にいって、キャッシュカードで二百万をおろして、川村さんに、お渡ししました。残りの百万円を翌日、お渡ししたんです。この銀行のカードでは一日に、二百万円しか、おろせませんから」

と、綾は、いった。

「それを渡した時、川村は、どういっていましたか？」

と、左文字は、きいた。

「確か、川村さんは、二百万円を渡すと、にっこりなさって、これで、真相が、わかりますよと、いわれたんです」

と、綾が、いう。

「翌日、百万円を、持っていったんですね?」

「そうです」

「その時には、川村は、何といいました?」

と、左文字は、きいた。

「川村さんは、これで、三月十日に、しっかりした報告書を、あなたに、お渡しすることができる。安心して、待っていてくださいと、川村さんは、そういったんです」

と、綾は、いった。

「その時、誰かの名前を、いいませんでしたか? たとえば、殺人事件だとして、犯人は誰々だと思うと、いうようなことですが?」

と、左文字は、きいた。

「それは、何もおっしゃいませんでした。その時は、犯人の名前は摑んでいなかったのかも、しれません」

と、綾は、いった。

「川村は、三月九日に殺されたんですが、あなたは、二日に、残りの百万円を、渡したんですね? とすると、二日から、九日までの間に、川村からあなたに、何か連絡は、ありませんでしたか?」

「何も、ありませんでした。私も、急《せ》かしてはいけないと思って、電話しなかったんです。そうしたら、突然、あんなことに、なってしまって」

綾は、声を落とした。

黙っていた史子が、口を挟んで、

「あなたは、ひとり娘だから、お父さんの遺産を引き継いだんでしょう?」

と、いった。

「ええ。大変な遺産を、引き継ぎましたわ。それに、遺言状があって、わかれた母にも、遺産の一部が、いくようにもなりましたけど」

と、綾は、いった。

「普通、殺人事件だというと、ある人が殺されて、そのことによって、一番利益を得る人が、犯人ということに、なっているのだけど、この場合は、あなたになるんですよね?」

史子が、いった。

綾は、強い目になって、史子を見つめて、

「確かに私は、大きな遺産をもらいました。でも、私が、父を殺したわけじゃありません」

と、いった。

「それは、わかっていますよ」

と、史子が、いった。

「でも、遺産のほとんどは、あなたが引き継いで、わかれたお母さんにも、遺産の一部がいったわけでしょう？　すると、お金の面で考えると、殺人の動機を持っている人間は、あなたと、お母さんの二人に、なってしまうと思いますけど」

と、史子が、いった。

「でも、殺したのは私じゃありません。私は、父が好きで、いつも、父のことを心配していたんです」

と、綾は、いった。

「じゃあ、わかれたお母さんは、どうなのかしら？」

と、史子は、いった。

「母が、殺したと、おっしゃるのですか？」

と、綾は、咎めるように史子にいった。

「確か、二年前に、ご両親は、離婚なさっているんでしょう？」

「ええ」

「夫婦が、わかれるについては、いろいろと、事情があったと思うんです。ひょっとするとお母さんは、お父さんを、憎んでいたかもしれない。そうだとすると、お母さんには、お父さんを殺す動機がある。それを、考えたことは、ないんですか？」

と、史子が、きいた。

「母が、殺したなんてことは、一度も考えたことはありません」

と、綾は、いった。

「どうして？」

と、史子が、きく。

「父と母は、憎んで、わかれたんじゃありません。母が、もう一度、別の人生を、やり直したいといい出して、父もそれを、認めたんです。いわば、協議離婚ですから、母が、父を憎んでいるなんてことは、絶対に、あり得ないんです」

と、綾は、いった。

「こんなことはおききしたくないんだけど、お父さんは、五十二歳でしたわね。まだ、男盛りといってもいいんじゃないかしら。そして、お母さんと、わかれて二年経っている。その上、こんな大きな、マンションにひとりで、住んでいたんでしょう？　誰か、お母さん以外の女性と、つき合っていたことはないのかしら？」

と、史子が、いった。

「父が、母以外の女性と、つき合っていたということですか？」

と、綾が、眉をひそめて、きいた。

「ええ。考えられないことじゃないと、思いますけど」

と、史子が、冷静にいった。

「確かに、父は、男盛りだし、女性から見て魅力のある男性だと思いますわ。つき合っている女性がいても、不思議ではないと思います。でも、父は、優しい人だから、つき合っている女性から憎まれることは、なかったと思います。もし、あなたが、その女性に父が殺されたと思っているのなら、それは間違いです。そんなことはないと思います」

と、綾は、いった。

しかし、史子は、負けずに、

「あなたの、おっしゃっていることは、矛盾しているんじゃないかしら」

と、いった。

「あなたは、お父さんが、病死ではなくて、誰かに殺されたと、思っているんでしょう？　殺されたなら、犯人がいるわけ。だから、私は、犯人が誰かをいろいろ考えてみて、たとえば、現在、つき合っている女性がいて、その女性に、殺されたんじゃないかと、考えたりしているんだけど、それを、いちいち、あなたが、否定してしまっては、殺人事件の推理は、できなくなってしまうんじゃないかしら」

「確かに、そうですけど、今も、いったように、父は、優しい人なんです。だから、つき合っている女性から、恨みを受けるようなことは絶対にないと、思います」

と、綾のほうも、負けずにいった。

二人の女が、お互いの主張を、ぶつけ合っているのを、黙ってきいていた左文字は、

「まあまあ」

と、二人を、手で制してから、綾に向かって、

「あなたは、お父さんが、誰かに殺されたと思っている。しかし、女性関係じゃ

あないとも思っているんですね？」

と、きいた。

「ええ。女性関係とは、思っていません」

と、綾は、いった。

「それで、川村のことになるんですが、川村は、あなたに向かって、あなたの、お父さんが、誰か、若い女性とつき合っているんじゃありませんかといったような、質問はしませんでしたか？」

と、きいた。

「いいえ」

と、綾が、いう。

「あなたは、今年の正月に、川村に、調査を依頼したんですね？ その後、一度も、川村は、そのことを、きかなかったんですか？」

「ええ。一度もきかれません」

「三月一日と二日に会った時も、女性関係を川村は、きかなかったんですか？」

「ええ。全然、きかれませんでした」

と、綾は、いった。

「じゃあ、あなたのいうとおり、殺人事件だとしても、女性は、絡んでいないのかな？」

と、左文字が、いった。

「それは、違うと思うわ」

と、史子が、いった。

「どうして、違うんだ？」

「川村さんの、気持ちになって、考えてみたらわかるわ。調べてみて、殺人事件とわかって、容疑者に女性が浮かんできたとしても、そのことを綾さんにいうとは、限らないわ。何といっても、綾さんは、死んだ池田社長のひとり娘だし、川村さんも、優しいから、あなたのお父さんは、女性と関係があって、その女性に、殺されたんだと思うと、いうようなことは、いえないんじゃないかしら？」

と、史子は、いった。

「しかし、探偵としては、調べた真相を、依頼者に報告する義務があるよ」

左文字は、いった。

「だからこそ、直接口でいわないで、三月十日に、報告書を書いて渡すと、いったんじゃないかしら?」

と、史子は、いった。

確かに、史子のいうことにも一理あると、左文字は思った。

五十二歳の独身の男が殺されたとなると、まず第一に考えられるのは女性関係だろう。ひとり娘の綾が、考えたくないといっても、そう考えるのが、常識というものである。

しかし、その言葉を、綾にいうことはできなくて、

「この寝室の、写真を、撮っていいですか?」

と、きいた。

綾の承諾を得てから、左文字は、デジカメを取り出し、広い寝室のなかを、ていねいに撮っていった。

その後、三人は、リビングにいき、綾の淹れてくれたコーヒーを飲みながら、亡くなった池田社長について、話し合った。

4

月島の超高層マンションから、新宿の、自分たちの事務所に帰った左文字と史子は、二人とも、複雑な表情になっていた。

史子が、こういった。

「あのお嬢さんは、いい人だし、正直だと思うけど、間違っているわ」

「それは、死んだお父さんの、女性関係のことをいってるのかい？」

と、左文字は、きいた。

「そのとおり。池田社長に、女性関係があったことに、間違いないわ」

と、史子は、いった。

「その証拠は？」

と、左文字が、きいた。

「殺された川村さんは、池田社長の死が、殺人事件で、まもなく、犯人が、わかるというようなことを、あのお嬢さんに、いっていたわけでしょう？　その川村さんは、若い女性と、歩いているところを、目撃されているのよ。つまり、川村さんは、調査の過程で、問題の女性に出会って、一緒に動いていたんだと思うの。とすると、その女性が、事件のキーパーソンのはずだわ」

と、史子が、いった。

「つまり、その女性が、死んだ池田社長の、彼女だというわけだね？」

「ええ。川村さんは、死んだ池田社長について、調べていくうちに、問題の女性に、行き当たったのよ。そして、たぶん、彼女から、真相を、きこうとして、会っていたんじゃないかしら。大事な調査の途中で、まったく関係のない女性と、つき合っていたとは、思えないわ」

と、史子が、いった。

「川村は、池田社長の新しい女を見つけた。そして、その女性に当たっているうちに、池田社長の死が、病死ではなく、殺されたことに、気がついたのかな。だから、犯人のほうは警戒して、真相に気づいた川村を殺したということになるのかな？」

と、左文字が、いった。

「ええ。それが正解だと思うわ。あのお嬢さんには、可哀相だけど、亡くなったお父さんには女がいたのよ。そして、その女が、たぶん、事件のキーに、なっているんだわ」

「君の推理が、正しいとすると、問題の女性の背後には、先日会った、ＩＲＣ社長の、石田隆之がいることになる。君は、あの石田隆之が、犯人だというんじゃあるまいね？」

と、左文字が、いった。

「あの石田社長が犯人じゃ悪いの？」

と、史子は、左文字を見た。

左文字は、苦笑して、

「それじゃ、あまりにもストレートすぎるんじゃないのか？」

「それが、あなたの悪いところよ」

「悪いところって、何だい？」

「事件をことさら難しく考えようとするところよ。殺人事件というのは、案外シンプルなんじゃないかしら。だって、殺人の動機は、金と恨みの二つしかないと、いうじゃない。つまり、動機は、簡単なのよ。だから、川村さんが、池田社長に、女がいたのを見つけ出して、近づいていった。犯人はそれに気づいて、口封じに川村さんを殺した。そういう簡単な、ストーリーだと思うけど。そして、問題の女以外に、登場するのは、ＩＲＣの、石田社長しかいないんだから、石田社長を犯人と考えていいんじゃないかしら？」

「石田社長が、川村を殺した動機は何とかわかるが、池田社長のほうは動機がわからないぞ」

と、左文字は、いった。

「それなら、もう一度、石田社長に、会ってきいてみましょうよ。池田社長を、しっているかどうか」

と、史子は、簡単にいった。

そんな史子の言葉に押されるような形で、左文字は、彼女の運転する車で、逗子に、石田隆之を訪ねることにした。

石田隆之は、海に張り出した二階のベランダから、呑気に釣りをしていた。それも、オートマチックな釣りだった。

石田は、左文字と、史子に向かって、自慢そうに、その機械を説明した。

「今まで、魚がかかるとベルが鳴るものは、できていたんだが、これは違うんだ。この機械は、魚がかかると、自動的に糸を巻いて、釣りあげるんだよ。そして釣りあげてから、音声で人間に釣れたことをしらせるんだ」

史子は、

「素晴らしいわ」

と、褒めたが、釣りがあまり好きではない左文字は、

「そこまで、機械にやらせてしまったら、人間は釣りをする楽しみが、なくなってしまうんじゃありませんかね」

と、いった。

石田は、笑って、

「僕みたいに忙しい人間は、釣りだけをしているわけにはいかない。仕事をしながら、釣りも楽しみたい。だから釣りのほうは、機械に、任せるんだ。これは、そういう、忙しい人間のための機械なんだよ」

と、いった。

そこで、釣りのほうは機械に任せて、石田は、左文字たちを、リビングに案内してから、

「今日は、何の用ですかね？」

と、きいた。

「用件に入る前に、まず、先日の猫ロボットの、お礼をいいたいと思います。あ

れには、びっくりさせられましたよ。突然、車のなかで白煙が発生しましたからね。殺されるんじゃないかと、思いましたよ」

左文字は、笑って、いった。

石田は、

「わっはっは」

と、声に出して、笑ってから、

「お二人が、僕の話を、あまり信用していなかったから、ちょっと、驚かしただけだ。今度は、可愛らしい猫ロボットを、お土産に差しあげる」

と、いった。

「それで、用件なんですが、池田工業の、池田社長をご存じですか？」

と、左文字は、きいた。

石田は、

「ああ、あの亡くなった、社長ね」

と、いってから、

「会ったことはないし、直接的には、関係はないが、間接的には、僕の会社と関係があるよ」

「間接的な関係って、どういうことですか?」

と、左文字が、きいた。

「先日も話したけど、うちで作ったロボットに、携帯電話を組みこんで遠隔操作をする。それは、すでに、実行段階にきているんだ。その携帯電話を池田工業が作っているから、間接的に関係があるといったんだよ」

と、石田は、いった。

「つまり、あなたのところで、池田工業の作った携帯電話を、ロボットに、組みこんでいるということですね?」

と、左文字は、念を押した。

「一番、性能のいい、携帯電話を、うちのロボットに、組みこむわけだ。だから、池田工業が、作った携帯電話が、一番よければ、それを利用する。いくつか利用したことがあるね」

と、石田は、いった。

「しかし、池田社長に、直接会ったことは、ない。そういうことですか?」

と、左文字は、きいた。

「そう。一回も会ったことがない。これは断言してもいい。もし、一回でも、会っていれば、僕は池田社長の葬儀にいっているよ」

と、石田は、いった。

「先日きくのを忘れたんですが、確か、ベンツをお持ちですね？」

と、左文字は、石田にきいた。

「ああ、持っているよ。ベンツだけじゃなくて、うちの家内はポルシェに乗っている。二人ともドイツの車が好きなんだ。とにかく、きちんと正確にできているからね」

と、石田は、いった。

「そのベンツを、若い女性に、貸したことはありませんか？」

左文字が、いい、史子が、自分の見た女性の、顔立ちや背格好を、石田に説明した。

「その女性が乗っていた車がベンツで、ナンバーを調べたら、石田さんの所有しているベンツだと、わかったんです」

と、史子が、いった。

石田は、小さく首をすくめて、

「弱ったね。何か、刑事に、調べられているみたいだな」

「実は、僕の友人が、殺されましてね。その殺された友人が、今いった女性と、一緒に歩いているところを、見ているんです。友人の死とその女性が、何か関係があるんじゃないかと、今調べているところなんです。何とかして、友人を殺した犯人を、見つけ出したいと思いましてね。で、その女性を調べていくうちに、彼女の乗っている車、ベンツですが、それが、石田さんの所有だと、わかりました。それで、今日、伺ったのですが」

と、左文字は、いった。

左文字は、真面目に、話しているつもりだったが、石田はなぜか、急に、大声で笑い出した。

左文字は、冷静な人間だが、さすがに、むっとして、

「何か、おかしなことをいいましたか？」

と、きいた。

石田は、また笑って、

「だって、そうでしょう。先日お見えになった時は、科学雑誌の記者みたいなことを、いわれたんじゃなかったかな？　そして、こちらのかたは、通訳だといった。記者として、うちが作っているロボットについて、きかれたんじゃなかった

かな？　それが、今日は急に、殺人事件が、どうのこうのとか、僕の持っている車に、乗っていた女性について教えろとか、これはどういうことかな。どっちが本当なんだ？」

と、いった。

「確かに、先日は、嘘をついて、申しわけなかったと思います」

左文字は、正直に、わびてから、

「しかし、今いったように、僕の友人が、殺されたことは、間違いないんです。川村という男で、私立探偵を、していましてね、池田工業社長の死について、調べていて、今いった女性と、会ったりしているんです。その過程で殺されたので、どうしても彼女についてしりたいんですよ。もし、石田さんが、何かをご存じなら、教えていただけませんか？」

「弱ったね」

と、石田は、いった。

「実は、僕の持っているベンツだが、東京に出た時に、駐車場から盗まれてね。まだ戻ってきていないんだ。もちろん、盗難届は出してある。あなたのいう女性は、僕のベンツを盗んだ犯人なんじゃないかね」

「東京で、盗まれたんですか？」

と、左文字は、念を押した。

「そうなんだよ」

「いつのことですか？」

と、史子が、きいた。

「あれは確か、二月の初めだった。だからもう、一カ月以上も戻ってきていないので、半ばあきらめてるんだ。何でも、高級外車ばかり狙う窃盗団がいるそうだからね」

と、石田は、いった。

「失礼ですが、東京のどこで、盗まれたんですか？」

と、左文字が、きいた。

「それもいわなくちゃいけないかね？」

「できれば、教えていただきたいと思います」

「確か、有明《ありあけ》でおこなわれた、ロボット大会に出かけた時だ。だから、あの近くの、駐車場に駐めておいて盗まれたんだ。向こうの警察に盗難届を出してある。調べてくれて結構だよ」

と、石田は、いった。

石田は、奥から、パンフレットを持ってきて、見せてくれた。二月五日に、有明の、東京ビッグサイトで開かれた、日本ロボット大会の、パンフレットだった。

〈我らはアトムを目指す〉と書かれた、大会のパンフレットで、そのなかに、石田隆之が、社長をしているＩＲＣの、名前も出ていた。

「この日に、僕も家内と一緒に出かけてね、その時に駐車場で、ベンツを盗まれたんだ。だから江東《こうとう》警察署に、盗難届を出しているはずだよ。調べてもらえばわかる」

と、石田は、いった。

「もう一度、確認したいのですが」

と、左文字は、石田に向かって、いった。

「さっき申しあげた女性に、石田さんは、心当たりがない、そうですね？」

「そのとおりだ。まったく心当たりがないね」

「では、川村という、私立探偵については、どうですか？　川村英祐、年齢は三十二歳。背は、僕ぐらいだから百八十センチです。この男に、会ったことは、ありませんか？」

石田は、首を振って、

「私立探偵には、一度もお世話になったことがないので、誰もしらないね。これは嘘じゃない。私立探偵を、必要とするような事件に、今まで一度も、ぶつかっていないんだよ」

「もう一つ、池田工業社長にも、お会いになったことは、ないんでしたね？」

「そうだ。何回も繰り返すが、池田さんのところで作っている携帯電話には、興味があるが、池田社長自身には、お会いしたことはない。これも嘘じゃない」

と、石田は、きっぱりと、いった。

それまで黙っていた史子が、

「先日、石田さんが、いったことは、本当ですか？」

と、きいた。

「どんなことをいったかな？」

と、石田が、笑ってきく。

「携帯電話を、組みこんだ、ロボット人形にプラスチック爆弾を仕こんでおけば、遠隔操作で、総理大臣でも、殺せるというようなことをおっしゃいましたけ

「ど、本当に、できるんですか?」

と、史子が、きいた。

「理論上は、可能だよ。もちろん、そんなことを僕がやろうとは思わないし、そんな危険なロボットは作らないがね」

と、石田は、笑いながらいった。

話が終わって、ベランダに出てみると、三つ並んだ自動魚釣り機械は、一つは、キスを釣りあげていたが、ほかの二台は糸が絡んでしまって、動かなくなっていた。それを見て、石田は、

「やれやれ。こういうものは、理屈どおりには動かないもんだね。参ったな」

と、左文字に向かって、笑って見せた。

5

二人は、石田邸を出たところで、車に戻りながら、

「どうも、信用できないわ」

と、史子が、いった。

「何となく、嘘をついているような、気がするの」

「どの部分が嘘だと思うんだ？」

と、左文字が、きいた。

「池田社長を、しらないといったでしょう。でも、池田工業が、作っている携帯電話を、自分のところで、作っているロボットに、組みこんでいるといっていたわ。そういう時は普通、社長同士で会って話したりするんじゃないかしら。それなのに、まったく、しらなかった、会ったこともないというのは、何だか不自然だわ」

と、史子は、いった。

「そのほかには？」

と、左文字は、きく。

二人は、車に乗りこむ。

史子が、ハンドルを握ってから、

「例の女性のこと。ベンツが、二月五日に盗まれたというのも、何か、作り話のようで、おかしい気がするの」

と、史子が、いった。

「しかし、調べてわかるようなことで嘘をつくとは、思えないね。江東警察署にいって、調べれば、きっと、二月五日に、ベンツの盗難届が出ていると、思うよ」

と、左文字は、いった。

「でも、盗難届を、出しておいてから、問題の女性に、ベンツを使わせたのかも、しれないじゃないの」

と、史子は、負けずに、いい返した。

「しかし、何のためにそんなことをするんだ?」

と、左文字が、きく。

「そこまでは、わからないけど、でも、あの社長は、何か怪しいわ」

と、史子は、いった。

翌日、左文字は矢部警部に、会いに出かけた。矢部から電話があって、ぜひ会いたいといわれたからである。

ひとりで、警視庁にいき、矢部に会うと、矢部は難しい顔をして、

「君はまだ、あの件に、首を突っこんでいるんだってね」

と、いわれた。

左文字は、すぐにピンときて、

「去年の暮れに起きた、池田工業社長死亡の件か？」

と、いった。

「わかっているなら、どうして、あんな件を引き受けたんだ？　先日も、いったように、あれは、どこから見ても、病死なんだよ。事件じゃないんだ。それを、どうして、君は調べたりしているんだね？」

と、矢部が、きいた。

左文字は、それには答えずに、

「何か、いってきたのか？」

と、きいた。

「池田工業というのは、電気通信の業界では、優良企業だ。この不景気の時代に、頑張って業績を、あげている。それが、池田社長の急死で、混乱が起きた。やっと、それが、ここにきて、収拾がついて、落ちかけた業績が、また、上昇に向かっている。株主たちも期待しているんだ。そんな時に、君が、池田社長の死について、それが、不審だというようなことをいい出したら、せっかく立ち直った会社の経営が、また、混乱に陥ってしまう恐れがある。それを心配した大株主が、うちの刑事部長の、知り合いなので、話をしたんだと思う。私が、君と、知り合いだということで、何とかならないかといわれたんだよ」

「なるほどね。それは、いついわれたんだ？　昨日の、午後じゃないのか？」

と、左文字は、きいた。

「時間は、いつでもいいだろう。とにかく、刑事部長が、心配している」

「しかし、僕は、民間人だよ。民間人の僕が勝手に調査しても、かまわないんじゃないか？　それを止める権利は、いくら、警視庁といえども、ないはずだ」

と、左文字は、いった。

「そのとおりだがね。しかし、どこから見ても病死なのに、それを、殺人事件じゃないか、みたいにいいふらすのは、君にとっても、マイナスじゃないかね。だからこうして、忠告しているんだ」

と、矢部は、いった。

左文字は、これは、明らかに、ＩＲＣ社長の、石田隆之の差し金だと、思った。

「困ったな」

と、左文字は、わざといった。

「何が困るんだ?」

と、矢部が、きく。

「今の君の話さ。それをきいて、なおさら、僕は池田社長の件を、調べてみたくなってしまった。もし君が、刑事部長にきかれたら、藪蛇だったといってくれ」

と、左文字は、いった。

矢部は、小さな、ため息をついて、

「困った男だ。こんなことになるんじゃないかと思って、刑事部長の言葉を、どう伝えたらいいか、考えていたんだがね。やはり、忠告は、きき入れてもらえないか?」

と、いった。

「駄目だね」

「どうしてだ?」

「正直にいうと、今まで、池田社長の死が病死なのか、殺人なのか、判断がつかなかったんだ。それが、今の君の言葉で、殺人だという確信を、持つことができたよ。殺人だからこそ、誰かが手を回して、君の上司に話し、君の上司が心配して、君に話し、そして、君が僕に話したんだ」

と、左文字は、いった。

「君に、いっておくが」

と、矢部が、左文字を見ていった。

「いつも、君に協力してきたが、今回の事件に限っては、協力できない。それは、心得ていてほしい」

「わかっている。この事件は、僕が、ひとりでやるよ。これ以上、君に、迷惑をかけようとは思わない」

と、左文字は、いった。

警視庁を出たところで、左文字は、事務所にいる史子に、携帯電話をかけた。

呼び出し音が鳴っている。

しかし、史子が出る気配はなかった。

今度は、史子の持っている携帯電話にかけた。

こちらも呼び出し音が鳴っているのはわかるのに、依然として、史子が出る気配は、ない。

左文字の表情が蒼ざめた。不安が、襲いかかってくる。

彼は急いで、西新宿にある、自分の探偵事務所に向かった。エレベーターであがって、事務所のドアを開ける。しかし、そこに、史子の姿はなかった。

第三章　「おんな」の文字

1

三日目に、矢部警部から、電話が入った。

「君の奥さんが、見つかったぞ」

と、いきなり、いった。

「どこにいたんだ？　元気なのか？」

と、左文字が、きき返すと、

「詳しいことは、わからないが、今、神奈川《かながわ》県警から電話があってね、君の奥さんが、強羅《ごうら》で見つかったというんだ」

「強羅って、箱根《はこね》の強羅か？」

「そうだ。私も今から、向こうへいくから、君もすぐきてくれ。箱根登山鉄道の強羅駅で会おうじゃないか」

と、矢部は、いって、電話を切った。

史子がなぜ、強羅で見つかったのか、今、どんな状態なのか、まったくわからないらしい。

取るものも取りあえず、左文字は、箱根の強羅に、向かうことにした。

東京駅までタクシーを飛ばし、新幹線「こだま」で、小田原《おだわら》にいく。小田原から、箱根登山鉄道に乗った。

強羅の駅には、約束どおり、矢部警部が待っていてくれた。

左文字が、

「何か、わかったか？」

と、きいても、矢部は、

「今、君の奥さんは、病院にいるらしい。とにかく、その病院に、いってみよう」

とだけ、いった。

タクシーを拾い、強羅総合病院に向かった。

病院に着くと、史子は、強い睡眠剤を注射されて、眠っていた。

医師が、左文字に、説明してくれた。

「何か強いショックを、受けられたようで、一時的に、言語障害を起こしています。それで、今、薬の力で眠らせているのですが、命には別状ありませんよ」

と、医師は、いった。

病院には、神奈川県警捜査一課の、井口という警部がきていて、史子の発見された時の状況を左文字と、矢部に、説明してくれた。

「この強羅には、旅館やホテルのほかに、企業の保養所や、個人の別荘も、たくさんあります。その別荘の一つで、昨夜遅く、爆発事故が、起きました。東京高検の香田《こうだ》検事が、お持ちになっている別荘で、われわれが、調べたところ、香田検事は、一階の書斎で、爆発で死んでおり、ほかに二階で、左文字史子さんが発見されたのです」

「家内が何で、そんなところに、いたんですか？」

と、左文字が、きいた。

井口警部は、落ち着いた声で、

「われわれにも、わかりません。それに、発見された時、左文字さんの奥さんは、気絶しており、それで、すぐに救急車で、この病院に運ばれたんです。医者もいったと思いますが、命には別状はありませんが、何か大きなショックを受けたと見えて、言語障害を起こし、喋ることができないので、われわれが、いくら話をきこうと思っても、何も答えられない。その上、精神的に、不安定なので、睡眠剤を打って、今は、眠らせているところです。最初は、亡くなった、香田検事の奥さんかと、思ったんですが、持っていた運転免許証から、左文字史子さんとわかりました。そこで、東京の警視庁に、連絡したわけです」

と、説明した。

医師にきくと、あと二時間は、起きないだろうという。

左文字は、矢部に向かって、

「東京高検の香田検事って、しっているか？」

と、きいた。

「名前はしっているよ。法律を、厳格に解釈して厳しい判断を、くだすので有名だ」

と、矢部は、いった。

このあと、県警の井口警部が、左文字と矢部を、問題の別荘に、案内してくれることになった。

県警のパトカーで、現場に向かった。井口のいうとおり、強羅周辺には、旅館やホテルのほかに、銀行や、有名企業の保養所が、点在している。香田検事の別荘は、駅から五百メートルほど離れた早川《はやかわ》の近くにあった。

二階建てで、さほど、広くはないが、がっしりした造りである。その一階の西の端の壁が崩れ、窓ガラスが、吹き飛んでいた。

「あの一角に、書斎があり、そこで、爆発が起きたのです」

と、井口は、説明しながら、二人を、家のなかに案内していった。

爆発で、電気が消えてしまっているので、廊下は薄暗い。問題の書斎に、近づくと、内側のドアも、吹き飛んでしまっていた。

書斎は、十二畳ぐらいだろうか。まだ、部屋のなかは、焦《こ》げた臭いがしていた。天井からコンクリートの破片が、床に落ちて、散乱している。

井口が、持ってきた懐中電灯で、部屋のなかを、照らしてくれた。

書斎らしく、大きな本棚や、机や椅子などがあったのだが、それが、すべて、破壊されてしまっていた。本棚は、倒れて、床には、多くの書物が散乱しているし、香田検事自身が、使っていたと思われる、パソコンも、吹き飛んで、床に、転がっていた。

「香田検事は、ここで、死んでいたんですか？」

と、矢部が、井口に、きいた。

「発見されたとき、仰向けに倒れていました。すぐ、さっきの病院に、運んだのですが、胸部圧迫で、すでに亡くなっていました」

と、井口は、いった。

「それで、家内は、どこで、発見されたのですか？」

と、左文字は、井口に、きいた。

「これから、その場所に、ご案内しますよ」

と、井口はいい、懐中電灯で照らしながら二階にあがっていった。

二階のほうは、一階の激しい爆発跡と違って、廊下も綺麗だったし、部屋の窓ガラスも、割れてはいなかった。

井口は、奥の寝室に、二人を案内した。十畳ほどの部屋に、ベッドが、二つ置かれている。

「その窓際のほうのベッドに、左文字史子さんは、発見された時、寝ていました。あとでわかったことですが、どうも、睡眠薬を、飲んでいたようで、一階の爆発には、気がつかなかったと思われます」

と、井口は、いった。

「発見された時の様子を、もっと、詳しく話していただけませんか？」

と、左文字は、いった。

「爆発が、あったということで、われわれ警察が消防と一緒に、駆けつけたんですが、その時、最初に、一階の爆発現場を発見しましてね。そこで、香田検事が倒れているのを、発見しました。そのあと、ほかに、人がいないかと思って二階にあがったところ、この寝室で、眠っている奥さんを、発見したわけです。今いったように、発見した時は、眠っていたのですが、その後、目を覚ますと、非常に怯えた表情で、口もきけないんですよ。それで、病院に、運んだわけです」

と、井口が、いった。

「発見されたとき、家内は、あのベッドで、寝ていたといいますが、どんな格好だったんでしょうか？」

と、左文字は、きいた。

「パジャマ姿でした」

と、井口は、いった。

2

左文字と矢部は、病院に戻ったが、まだ、史子は、眠っていた。

三十分ぐらいして、目を覚ましたが、医師がいっていたように、左文字の顔を見ても、ただ、怯えた目で、見るだけで、口をきこうともしない。

「何があったか、教えてくれ」

と、左文字は、いったが、史子は、小さく体を震わせるだけだった。

医師が、左文字に、向かって、

「奥さんは、言語障害のほかに、一時的な記憶喪失にも、なっているようで、今は、何をきいても答えられないのですよ」

と、いった。

左文字は、一時的な、言語障害や、記憶喪失の話は、きいたことはあるが、いざ、自分の妻がそうなってみると、どう対応していいか、わからなかった。あまり、問いつめるのは、かえってその障害を、重くしてしまうだけだろう。

そう思い、医師にもいわれて、左文字はいったん、休憩室に入った。

医師は、そんな左文字に向かって、

「奥さんは、もう少し休ませたほうが、いいと思いますよ。治るものなら、休むだけで、治ります」

と、いってくれた。

県警の井口警部は、

「今度は、あなたが話していただけませんか？　奥さんが、どうして、強羅の香田検事の別荘に、いたのか？　まず、そのことを、しりたいのですよ」

と、左文字に、いった。

「僕にも、今のところ、何もわかりません。三日前に、家内が、突然、姿を消してしまいました。僕には、何もいわずにです。それで必死になって、探していたのですが、今日になって、こちらの矢部警部から、家内が、この病院に入っているときいて、慌てて飛んできたのです。ですから、家内がなぜ、強羅に、きていたのか僕にも、まったくわかりません。前に、香田検事に会ったことはありません。これは、嘘ではありません」

と、左文字は、いった。

「左文字さんは、今現在、何か事件に、関わっているのでは、ありませんか？」

と、井口が、きいた。

「僕は、私立探偵事務所を、開いていますから、いろいろな事件を、扱います。今は、僕の友人の、川村という同業者が死にましてね、これは、殺されたんですが、その犯人を、見つけようと、家内と一緒に、動き回っていたところなんです」

と、左文字は、いった。

井口は、手帳を取り出して、それに、メモを取りながら、

「あなたの友人が、殺されたのは、いつですか？」

と、きいた。

「今年の三月八日です。死体が発見されたのは、翌日の九日です」

「それで、犯人は、見つかったんですか？」

「いいえ。まだ、見つかっていません」

矢部警部が、そばから、左文字を助けるように、

「今、彼がいった、川村という私立探偵の事件ですが、もちろん、警視庁の捜査一課も、殺人事件として、捜査しています。担当は私ではなくて、片岡という警部です。警視庁でもまだ、容疑者が特定できずに、捜査中です」

井口は、左文字に目を向けて、

「今、あなたも奥さんも一緒になって、犯人を探しているといわれましたね？」

「そうです」

「奥さんは、犯人を探していて、この強羅にきたんでしょうか？　そういうことは、考えられませんか？」

と、きいた。

「わかりません。僕のしる限り、殺された川村と、箱根の強羅とは、結びついていませんでした。それに、家内にしても、もし、強羅にくる用が、あったとすれば、僕に、連絡してくるはずなのですよ。しかし、何の連絡もありませんでした」

と、左文字は、いった。

「とすると、爆死した香田検事とも、現在の時点で、別に、関係はなかったことに、なりますか？」

と、井口が、きいた。

「そうです。まだ、容疑者も、見つかっていないんですから、検事さんとも関係ありませんよ」

と、左文字は、いった。

井口警部の部下が、病院に、やってきて、聞き込みの状況を、説明していった。それで少しずつ、事態が、明らかになっていった。

最初に、別荘の爆発に、気づいたのは、別荘の隣にある、鉄鋼会社の保養所の管理人が、深夜の午前二時ごろ、突然、ドカンという大きな爆発音をきいた。驚いて窓を開けてみると、香田検事の別荘から、煙が出ていたという。赤い炎も、見えたので、すぐに一一九番した。そこでまず、消防が駆けつけ、続いて、県警の井口警部たちが現場に急行した。

死んだ香田検事のことも、少しずつ、わかってきた。

香田検事は、年齢四十歳。現在、離婚してひとり暮らしをしていた。

父親が、資産家だったので、強羅の別荘も父親が建てたもので、一つの事件が、片づくと、頭を休めるために、一週間ぐらい、別荘で、すごしていたという。

香田の父親のほうは、別荘にきた時は、通いのお手伝いを、使ったりしていたが、香田は、ひとりのほうが、ゆっくりできるといって、お手伝いは置かず、自分で、近くのスーパーで、買い物をしていたという。

だから、強羅の別荘に、女性がいたというのは、意外だったという証言も、左文字の耳に、きこえてきた。

夜が明けると同時に、本格的な捜査が、神奈川県警によって、始められた。

史子のほうは、依然として、症状が好転しなかった。目を開けていても、左文字の質問に対して、ただ悲しげに、首を横に振るばかりで、口から、言葉が出てこないのだ。

せめてもの救いは、体のどこにも、傷がないということだった。

医師は、なぐさめるように、

「何度も、いいますが、何か、非常なショックを受けていると思われます。そのために、一時的な、言語障害と記憶喪失を、起こしているんです。こういうものは、何かの拍子で、急に治ることがありますから、失望されることは、ありません」

と、いった。

警察の爆発物処理班が、捜査に乗り出してきて、使われた火薬は、C4と呼ばれる、プラスチック爆弾であることが、判明した。

これが、殺人事件だとすると、犯人は、どうやって、そのプラスチック爆弾を、問題の書斎に仕かけたのか？　時限装置を、使ったのか、それとも、発信装置を使って、爆発させたのかも、まだわからないし、香田検事は殺されたのか、それとも、自分で、プラスチック爆弾を、仕かけて自殺したのかも、依然として、不明だった。

左文字と矢部は、病院近くの、中華料理店で、簡単な昼食を、取ることにした。その途中に、矢部の携帯電話に、井口警部が電話をかけてきて捜査経過を話してくれた。矢部はそのあと、左文字に、

「どうやら、県警は、自殺の線は捨てて、他殺一本に絞ったらしいよ。香田検事を、憎んでいる人間がいて、それが、プラスチック爆弾を、仕かけたという線だ」

「どうして、殺しと、断定したんだ？　何か理由があるのか？」

と、左文字が、きいた。

「香田検事は、ある大物政治家の、関係した殺人事件を、担当することになっていた。一審では証拠不充分で、無罪の判決を受けたんだが、被害者の家族が不服を申し立ててね。それで、検察側が控訴して、東京高検で、再度審理がおこなわれることになった。その担当が香田検事なんだ。私もしっているが、香田検事

は、厳しく法律を適用することで、有名でね。それで、香田検事は、命を狙われたんじゃないか。どうやら、神奈川県警は、そう考えているらしい」

と、矢部は、いった。

「そんな大変な事件の担当が決まったのに、何で、強羅の別荘なんかに、きていたんだ？」

と、左文字が、きいた。

「香田検事は、休養にきていたんじゃないんだ。問題の事件を、担当することになったので、一審で使われた書類を全部持ってきて、二日前から、それを、調べていたらしい」

と、矢部は、いった。

「大物政治家って、塚原《つかはら》代議士のことじゃないのか？」

と、左文字が、きいた。

その名前なら、今年に入ってから、新聞紙面をにぎわしていた。確か、六十二歳の塚原代議士が、三十代の芸者を囲っていて、その芸者が、殺されてしまった。

塚原代議士は、無関係を、主張したが、殺された芸者の家族が、塚原代議士を告訴した事件である。一審では、証拠不充分で、無罪の判決が出たが、検察側が控訴した。

その事件に絡んで、香田検事が、殺されたということは、あり得るかも、しれない。

しかし、どうして、爆発現場の別荘に、史子がいたのだろうか？

そこが、どうしても、左文字には、わからないのである。

史子は、政治家や芸能人のスキャンダルにも関心があったが、しかし、彼女の口から、塚原代議士のスキャンダルについて、話をきいたことはなかった。第一、このスキャンダルに絡んで、調査を依頼されたことも、左文字には、なかった。

夜になると、井口警部が、病院にやってきた。左文字に会うと、

「奥さんの容態はどうですか？　何か、喋れるように、なりましたか？」

と、きいた。

「残念ながら、まだ喋れる状態では、ありません。それに、どうやら、医者のいうとおり、爆発の時の記憶が失われているようで」

と、左文字は、いった。

「困りました。われわれとしては、あなたの奥さんが、記憶を取り戻してくれて、喋れるようになれば、今回の事件について、何かをしっておられると、思うんですよ。それを喋っていただきたい、そう思っているんですが」

と、井口が、いった。

「神奈川県警は、家内が、今回の事件と、関係していると、思っているのですか？」

と、左文字は、きいた。

「そう決めつけているわけでは、ありませんが、何しろ、奥さんは、爆発現場にいらっしゃったんですからね。何もしらないというほうが、おかしいじゃありませんか？　もちろん、われわれは、奥さんが、爆発物を、仕かけたなんて、まったく、思っておりません。ですが、何かをしってらっしゃる。それだけは、確信しているんですよ」

と、井口は、いって、史子が、何か思い出したら、すぐしらせてくれといって、帰っていった。

3

二日目の朝を、迎えると、朝食の時に、矢部警部が、

「私は、これから東京に帰るが、君はどうするね？」

と、左文字に、きいた。

「僕は、史子が、喋れるようになるまで、ここに、留《とど》まっているつもりだよ」

と、左文字は、いった。

「史子さんが、そうなることを祈っているよ」

と、いって、矢部は東京に帰っていった。


香田検事殺しの捜査本部は、小田原警察署に置かれていた。そこで、開かれた捜査会議では、香田検事の死の状況について、議論が沸騰《ふっとう》した。

爆発が起きたのは、午前二時。その時、香田検事は、パジャマ姿で、書斎にいて、机の上に、一審の裁判の時の関係書類を置いて、目を通していたことが、わかっていた。

もう一つ、プラスチック爆弾が、どこに、仕かけられていたかも、わかってきた。

書斎の反対側に、年代物の鎧《よろい》が飾られていた。香田検事の父親が、買ったもので、二百万円近くはするという、美術品でもあった。

犯人は、その鎧のなかに、プラスチック爆弾を仕かけておいて、それが、爆発して、書斎はめちゃくちゃになり、香田検事も、胸部圧迫で死亡したと考えられた。

しかし、香田検事は、その鎧に、背中を向けて、机の上の書類を、見ていたのだから、爆発が起きても、胸部圧迫という症状は、見られないはずである。

しかも、司法解剖の結果、胸部圧迫の程度は、ひどいものだった。香田の肺は、完全に潰《つぶ》れ、鎧が爆発した時に、飛んだ金具が、香田の顔や胸に、突き刺さっていたのである。

ということは、爆発が起きた時、香田検事は、机から離れ、鎧と向かい合っていたことになる。

向かい合っていた時、突然、鎧のなかに、仕かけられていた、プラスチック爆弾が、爆発したので、香田の胸部が、猛烈な圧力を受けて、彼の体が、反対側の隅まで、吹き飛んだのである。

だから仰向けに倒れていた。

しかし、香田は、なぜそんな格好で、鎧と向き合っていたのだろうか？

そこが、捜査会議での、問題点になった。

県警の本部長が、いった。

「こういうことは、考えられないかね。香田検事は徹夜で、一審の関係書類を見ていた。午前二時ごろ、彼は疲れて、美術品の鎧と、向かい合って、何か、考えごとを、していたんじゃないのかね？　その時、突然、鎧のなかに、仕かけてあったプラスチック爆弾が爆発した。そのため、彼の体が吹き飛ばされた。そういうことは、考えられないかね？」

と、いった。

「まったく、考えられないことではありませんが、われわれが、香田検事について、調べたところ、彼は、刀剣とか鎧とかいうものには、まったく、関心がないそうです。また、そういうことに、関心のある、骨董趣味《こっとうしゅみ》の父親に対して、時々、喧嘩をしたりしていたそうですから、仕事に疲れて、鎧に向かい合うということは、ちょっと、考えにくいのです」

と、井口警部が、いった。

「しかし、だね」

と、本部長が、いった。

「香田検事の死亡状況や、あるいは、部屋の爆発の状況から見て、香田検事が、鎧と向かい合っていたことは、間違いないんだろう？」

と、いった。

「爆発があった時の状況は今、本部長が、いわれたとおりです。ですから、香田検事はあんな死に方をしました。しかし、今申しあげたように、香田検事は、刀剣にはまったく関心がありませんでしたから、徹夜で仕事をしていて仕事に疲れた時、鎧と向かい合って、いろいろと、考えに沈むということは、どう考えても、おかしいのです」

と、井口は、いった。

「君も頑固だね。君が、何といおうと、爆発があった時、死んだ香田検事と、プラスチック爆弾が仕かけてあった鎧が、向かい合っていたことは間違いないんだろう？　だったらまず、それを認めたまえ」

と、本部長は、いった。

そのあとで、

「同じ別荘の、二階にいた女のことなんだが、確か、左文字史子といったね？」

と、井口を見た。

「そうです。左文字史子で、夫の左文字進は、東京の新宿で、私立探偵をやっています」

と、井口は、いった。

「その女が、今回の事件に、関係しているんじゃないのかね？　たとえば、その女が、犯人のひとりで、夜中に、香田検事に、鎧と向かい合うことを勧めた。そういうことは、考えられないのかね？」

と、本部長は、いった。

「二日間、彼女の夫の、左文字に会って話しましたが、彼自身は、妻の史子が、どうして強羅にきていたのか、どうして、香田検事の別荘にいたのか、まったく、見当がつかないといっています」

「本人のほうは、何といっているのかね？」

と、本部長が、きいた。

「それが、何か、極度の恐怖に、襲われたためか、一時的な、記憶喪失と言語障害に、陥っておりまして、いまだに、尋問ができないのです。ですから、左文字史子からは、まだ何もきいておりません」

と、井口は、いった。

「いつごろ、彼女への尋問が、できるようになるのかね？」

と、本部長が、きいた。

「医者の話では、時間的なことは、わからないそうです。急に症状が、回復することもあるし、長引くこともあると、いっていましたから」

と、井口は、いった。

「君自身は、どう思っているんだ？　その私立探偵の奥さんというのが、犯人と、思っているのかね？」

と、本部長が、きく。

「わかりませんが、私自身の考えでは、今回の事件に、深く関係していると思います。主犯では、ないでしょうが、誰かの共犯だとは、思っております。しかし、まさか、あのような形で、香田検事が、殺されるとは思っていなかったので、彼女自身は、極度の恐怖に襲われ、医者のいうような、一時的な記憶喪失と言語障害に陥ったのだと思っております」

と、井口は、いった。

「彼女の夫の左文字という私立探偵が、犯人だということは、考えられないのかね？」

と、本部長は、いった。

「もちろん、可能性はあると思いますが、彼に会って話した感じでは、犯人とは思えません」

と、井口は、いった。

4

三日目も、左文字は、強羅にいた。なるべく、史子の近くに、いたかったので、病院近くの旅館に、泊まることになった。

三日目の朝食を、その旅館で、食べていると、突然、行方しれずだった川村の恋人、小原はるみが訪ねてきた。

彼女は、川村殺しと関わりがあるかもしれない、ベンツに乗った女を追跡したまま、連絡がとれなくなっていたのだ。

左文字は、一階のロビーで、はるみに会った。

「あなたと連絡がとれずに、心配していたんですよ」

と、左文字はいった。

「すいません。結局、あの女を追いきれなかったのです。それで申しわけなくて……」

と、小原はるみは、頭をさげた。

「矢部警部さんから、話をききました。その後、史子さんの具合は、いかがですか？」

と、はるみは、心配そうに、きいた。

「まだ、ちゃんと、話せないんだ。医者は、一時的な記憶喪失だし、言語障害も起こしているといっていて、だから、事件について、何もまだきいていないんですよ。何とか、話がきけたらと、思っているんですが」

と、左文字は、いった。

「強羅で起きたこの事件と、川村が、殺された事件は、何か、関係があるんでしょうか？」

と、はるみが、きいた。

「わかりませんが、今のところ、関係はないと思っています。僕も史子も、香田検事という人を、しりませんし、川村が、香田検事のことを、調べていたという話も、きいていませんから」

と、左文字は、いった。

「でも、それならどうして、史子さんは、香田検事の別荘に、いたんでしょうか？」

と、はるみが、きいた。

「そこが問題なんですよ。史子が、正常に戻れば、その理由も、きけると思うんですが、今の状況では、何もきけません。そのため、どうやら、県警は史子のことを、疑っているようですが」

と、左文字は、いった。

左文字は、手帳を取り出し、その裏表紙についているカレンダーに目をやって、

「史子がいなくなったのに、気がついたのは三月二十日です。いくら彼女の携帯にかけても、彼女が、出なくなってしまった。そして三日目の二十二日に、この強羅で、別荘が爆破され、香田という検事が死んだ。その別荘に、なぜだかわか

らないが、史子がいたんです。それからさらに、三日経ちました。少しずつ、こちらの事件のことは、わかってくるんですが、史子のことは、まったくわからない。それで、参ってしまっています」

と、正直に、いった。

「本当に、史子さんから、香田検事という名前はきいたことがないんですか？」

と、小原はるみが、きく。

「これは、何回も、地元の警察に話しましたが、まったく、きいたことがない。僕も、香田検事という人に、会ったことは、ありません。それで、あなたにおきするのですが、三月二十日から二十二日までの三日間に、史子はあなたに、連絡してきませんでしたか？」

と、左文字は、きいた。

「私も、ここにくるまでの間に、そのことを考えてみたんですけど、史子さんからは、まったく連絡をもらっていません」

と、はるみは、いった。

「川村が、香田検事の名前を、あなたに、いっていたことは、ありませんか？」

と、左文字は、きいた。

「香田検事さんですか？　そういう名前はきいたことがありませんわ」

と、はるみは、いった。

「確か、川村の事件は、片岡という警部が担当していましたね？」

と、左文字は、いった。

「ええ」

「片岡警部が、何かいってきませんか？　容疑者が見つかったとか……ですが？」

「何だか、捜査が行き詰まっているみたいで、何も、いってきませんわ」

と、はるみは、いった。

彼女が、そのことを、ためらいぎみにいったので、左文字は、

「片岡警部が、僕について、何かいってきたんじゃありませんか？」

と、きいてみた。

「あの警部さん、あなたのことも、ちょっと疑っているみたいですわ」

と、はるみが、いった。

「なるほどね」

「あの警部さんは、私立探偵というものに対して、偏見を持っているんです。人の秘密を調べて、それをネタにして脅迫まがいのことを、しているんじゃないの

か？　そのために人に恨まれて、川村は、殺されたんじゃないのか？　そんな疑いを持っているようですわ」

と、はるみは、いった。

「なるほどね。昔から、警察と私立探偵は、仲が悪いですからね。相手が、そう思っていても、仕方ありませんよ」

と、左文字は、笑った。

はるみは、その日のうちに、東京に帰っていった。

その翌日、左文字は急に、病院から呼ばれた。ひょっとして、史子の病状が悪化したのではないかと思い、不安にかられながら、いってみると、

いつもの医師が、

「奥さんが、何か、あなたに、訴えたいようですよ」

と、いった。

左文字が、病室に入っていくと、史子はじっと、彼を見て、何かしきりに、口を動かしている。

しかし、それが、声にならなかった。

「何をいいたいんだ？」

と、左文字が、きくと、史子は、今度は、指を空中に動かして、何か、文字を書いているような仕種《しぐさ》をした。

左文字が、手帳を取り出して、彼女に、ボールペンを持たせると、史子は、指を、小刻《こきざ》みに震わせながら、手帳に大きく〈おんな〉と平仮名で書いた。

「おんな、だね？」

と、左文字が念を押すと、史子は、訴えるような目をして、小さくうなずいた。

しかし「おんな」だけでは、何の意味か、はっきりしない。

「この強羅の別荘、香田検事という人の別荘で、爆破事件があった。そこに、君はいたんだ。そのことは、覚えているね？」

と、左文字は、きいてみた。

史子は左文字の顔を、じっと見ているのだが、ただ、苦痛の表情を、しただけで、うなずきも、否定もしなかった。

左文字は、続けて、

「君は、ずっと行方不明に、なっていた。どうして君が、この強羅にいたのか、わかっていたら、話してくれないか？」

と、いってみた。

しかし、それに対しても、史子は、必死になって、考えようとしているのだが、イエスもノーの返事も、ない。

どうやら、史子は、あることを、必死に考えていて、ほかのことは、考えられない感じだった。

看護師が、入ってきて、

「それ以上おききになると、奥さま、とても、疲れると思いますよ。ですから、もう、休ませてあげてください」

と、左文字に、いった。

左文字がうなずき、もう一度、彼女に手帳を示すと、彼女はまたボールペンを握って、同じ文字〈おんな〉と書いた。そして、ひどく疲れた感じで、ベッドに横になってしまった。

5

左文字は、強羅にきて、すでに、四日目を迎えた。

その間、史子の入院している病院に、毎日出かけていったが、初めて、彼女が、教えてくれた文字は、たった三文字〈おんな〉だった。

しかし、それが、何を意味しているのか。今のところ、まったく、見当がつかない。

史子は、この文字を、必死になって左文字に、教えたのだ。

強羅の香田検事の別荘で、爆発があり、香田検事が死んだ。その別荘に、自分がいたことも、覚えていないらしい。とすると、自分が、失踪していたことも、記憶にないのではないか？

だから、それを左文字がきくと、彼女の神経が、いらだって、疲れてしまうのだろう。

左文字は、病室を出ると、休憩室に入って史子が、手帳に書いた文字を見つめた。

指先が、震えていたから〈おんな〉という平仮名の文字も震えている。

史子は、この〈おんな〉という文字で、何を、いおうとしたのだろうか？

現在、この文字で、左文字の頭に浮かぶのは、第一に、殺された、川村の恋人の小原はるみである。

もうひとりは、去年の十二月二十五日に死んだ池田工業社長の池田浩一郎の、娘のことだった。

娘の池田綾は、父親の病死を、殺されたのではないかと疑い、父親の死について調べてくれるよう、川村に、頼んでいた。

左文字は、この二人、小原はるみと、池田綾に会っているし、史子も、二人に、会っている。とすると、史子が必死になって書いた〈おんな〉という文字は、小原はるみか、池田綾のことなのだろうか？

そう考えていて、もうひとり、女がいたことを思い出した。殺された川村が、会っていたという、三十代の女のことである。

小原はるみは、川村が、その三十代の女と会っているのを、目撃しているし、ベンツに乗ったのも見ている。

そして、そのベンツの持ち主は、石田隆之という、ラジコン機器会社の社長だった。

ひょっとすると、史子が書いた〈おんな〉の文字が意味したのは、その三十代の女のことなのだろうか？

左文字は、医師に会って、何か、史子の病状に変化があったら、すぐ自分の携帯電話に電話してくれるように頼み、いったん、東京に、帰ることにした。

自分が今、強羅にいても、史子の病状が、回復するという期待はない。

それよりも、専門の医師に、任せておいたほうがいいだろうと、思ったのである。

そして、自分は、東京に戻り、史子がどうして行方不明になり、強羅の香田検事の別荘で発見されたのか、それを、東京で、調べたいと思ったのである。

東京に帰ると、すぐ矢部に連絡を取った。午後六時をすぎていたので、左文字は新宿で矢部と夕食を、ともにすることにした。

食事をしながら、左文字が、手帳を見せると、矢部は、じっと、その文字を見てから、

「おんなだけじゃ、何もわからないなあ。女性の名前が書いてあれば、何とかその女に会って、話をきいてみるのだがね」

と、いった。

「おんなということで、僕は、三人の女性を考えたんだ。殺された、川村の恋人の、小原はるみ。それと、川村が、調査を引き受けていた、池田工業社長の娘の池田綾だよ。最初に浮かんだのは、この二人の名前と顔だ。しかし、史子が二人

のことを考えて、おんなと書いたのならば、おんなと書くよりも、むしろ、小原はるみとか、池田綾と、書くんじゃないのかね？　だから、僕としては、もうひとりの女のことを考えた。川村が、会っていたという、三十代の女のことだよ」

と、左文字は、いった。

「小原はるみが、目撃したという、女のことか？」

「そうだよ。そして、その女が乗っていたベンツが、例のＩＲＣ社長の石田の車だ」

と、左文字は、いった。

「しかし、石田という社長は、そんな女のことは、しらないといっているんだろう？　車についても、盗まれたと、いっていたんじゃないのかね？」

と、矢部は、いった。

「石田はそういっている。しかし、証拠はないんだ」

と、左文字は、いった。

矢部は、鍋をつつきながら、

「手帳に書いたおんなという文字だがね。君のいうとおり、川村が会っていた三十代の女だとしよう。しかし、その女の名前も、何者なのかも、わからないんだろう?」

と、いった。

「今のところは、わからないが、例の、石田社長と知り合いかもしれない。その疑いは充分にあるんだ」

と、左文字は、いった。

「だとして、君の奥さんが、強羅の、香田検事の別荘にいたということに、どう関係してくるんだ?」

と、矢部は、箸を止めて、いった。

「そこが、一番難しいところでね」

と、左文字は、いった。

「何の関係も、ないかもしれないし、史子の失踪と関係があるかもしれない」

「それで、君はこれから、どうするつもりなんだ?」

と、矢部が、きいた。

「僕としては、何とかして、史子が書いた、この文字の謎を、解きあかしたいんだ。このおんなというのが、誰のことかわかれば、それを史子に、話すことによって、彼女の病状が、回復するかもしれない。それに、期待しているんだがね」

と、左文字は、いった。

「しかし、今の段階では、私は、君を助けてあげられない。何しろ、事件を担当している片岡というのは、堅物でね。彼は、君も疑っているんだ。だから、私が出ていけば、片岡は、必ずへそを、曲げる」

と、矢部は、いった。

「わかっているさ」

と、左文字は、苦笑した。

「君の助けを、借りたい時は、そういうよ」

「ひとりで、調べるというのか？」

と、矢部が、きいた。

「いや、ひとりじゃない。小原はるみもいるし、池田綾もいる。この二人だって、それぞれ、自分の抱えている謎を、解明しようとしているんだ。特に小原はるみのほうは、川村が、一緒に歩いていた三十代の女が、誰なのか、それをしりたいと思っている。だから、彼女が僕の助けになるさ」

と、左文字は、いった。

翌日、左文字は、小原はるみに、新宿の事務所に、きてもらった。左文字は、自分で、コーヒーを、淹《い》れながら、はるみに、

「あなたが帰ったあとで、突然、史子が、この文字を、書いてくれたんですよ」

と、いって、手帳を、見せた。

はるみは、コーヒーカップを持った手を止めて〈おんな〉という文字に、じっと目をやった。

「これを、史子さんが書いたんですか？」

と、きく。

「そのとおりです。必死になって、この三文字を書いたんです」

「でも、これでは、どこの誰だか、わかりませんね？」

「わかりません。ですから、僕は、こう考えました。史子が、もし、具体的な名前を、しっている相手ならば、その名前を、この手帳に書いたんじゃないでしょうか？　彼女が、その女の名前を、しらないので、ただ、おんなと書いた。そう思ったんですよ」

と、左文字は、いった。

「でも、名前のしらない人のことを、史子さんはどう思っているのでしょうか?」

と、はるみは、きいた。

「史子が、名前をしらない女、そう思った時、浮かんできたのが、あなたがいった、三十代の女のことですよ。あなたは、川村が、その女と、一緒に歩いているのを、目撃したと、いっていましたね?」

「ええ」

「あなたは、その女の名前を、川村からきいたことは、なかったんでしょう?」

「ええ、ありません」

「だから、史子は、その女のことを、この平仮名三文字で、僕に、しらせようとしていたのかもしれません」

「じゃあ、あの女を、史子さんは、どこかで見て、そのことが、失踪に繋がったんでしょうか?」

と、はるみが、きいた。

「もちろん、この推理には、何の証拠もありません。史子は、まったく別の女のことを、いったのかもしれません。その可能性もありますが、僕は、史子が書いた、このおんなという文字が、あなたがいっていた、謎の三十代の女と同じではないかと、思っているのですよ」

と、左文字は、いった。

「ええ。そうかもしれませんわ」

「だから、その女のことを思い出しながら、話してください」

と、左文字は、いった。

第四章　状況証拠

1

数日経って、やっと、史子の記憶が、蘇《よみがえ》ってきた。それでも、肝心なところの記憶は戻ってきていないらしい。それを史子は、悔しがった。

「私は、彼女を見つけて、尾行した。そこまでは覚えているの。ただ尾行したことまでは、覚えているんだけど、そのあとが、どうしても、思い出せないのよ。口惜しいわ」

「君は、確かに、手帳に『おんな』と書いたんだ。だから、僕も、君が、あの女を、見つけたんだろうと思ったよ」

と、左文字は、いった。

「そうなの。川村さんと、一緒にいた、あの女の人と出会ったのよ。だから何とかして、どこにいくのか、何者なのかを、しろうとして尾行を始めた。それまでは、覚えているの。それが、何だか、霞がかかったみたいで、その先を、まったく、覚えていない。どうしても、思い出せないの」

と、史子は、繰り返した。

「じゃあ、あなたは、香田検事の強羅の別荘に、いたことも、まったく、覚えていないんですね？」

県警の井口警部が、史子にきいた。

「ええ、悔しいけど全然、覚えていません。本当に、私、その検事さんの、別荘にいたんですか？」

と、史子が、きいた。

「そうですよ。その別荘で、香田検事は、書斎で爆発物が爆発して、死んだんです。その時あなたは、二階で眠っていた。おそらく、睡眠薬を多量に飲まされたか、注射されたんだと思いますが、その別荘に、きたことも、覚えていないんですか？」

と、井口警部は、半信半疑の表情で、きいてくる。

史子は、首を横に振って、

「何とか、思い出そうと思うんだけど、どうしても、駄目なんですよ。私は、香田という検事さんもしらないし、強羅に、いたのだって、わからなかったんです」

と、いった。

「肝心な部分の記憶が、ないというのは、困ったもんですね」

と、井口警部は、肩をすくめて、見せた。

どうやらまだ、半分ぐらいは、疑っているらしい。それが史子には、わかるので、

「私が、嘘を、ついていると思っておられるなら、嘘発見器にかけていただいても、結構ですよ」

と、いった。

井口は、さすがに、手を振って、

「その必要は、ありませんよ。あなたを、信用します」

と、いってくれた。

井口警部がいなくなると、史子は悔しそうに、左文字に、向かって、

「あの警部さん、まだ、私のことを、疑ってるみたいだわ。私が、わざと、忘れた振りをしているとでも、思っているんじゃ、ないかしら？」

と、いった。

左文字は、笑って、

「あの警部は、何しろ、地元の刑事さんだからね。そこで、殺人事件が、起こったんだ。しかも、殺されたのは現職の検事だからね。犯人を、見つけようと、躍起になっている。今は君の証言が、頼りなんだ。しかし、その君が記憶をなくしてしまっている。だからよけいに、かっかしているんじゃないか？」

と、いった。

「かっかされても、困るわ。本当に、思い出せないんだから」

と、史子は、いった。

「わかるよ。アメリカでも今の君みたいな、記憶喪失になってしまった人に、僕は、何人も会っている。大きな事件に遭遇すると、たいてい、肝心な部分の記憶が、なくなってしまうんだよ」

と、左文字は、いった。

史子は、急に、起きあがって、

「寝てなんか、いられないわ」

「起きあがって、どうするんだ？」

と、左文字が、きいた。

「わかっているじゃないの、私を、現場に連れてって。現場にいけば、何か、思い出せるかもしれないわ」

と、史子が、いった。

「それはそうだが、大丈夫か？」

と、左文字が、きく。

「大丈夫」

と、いいながら、史子は、もう、着替えを始めていた。

左文字は、医師に、外出の許可を取ってから、タクシーを、呼んでもらった。

そのタクシーに、史子を乗せて、強羅の問題の別荘に、向かった。

タクシーのなかで、史子は、きょろきょろと周りの景色を、見ている。景色を見てここにきた記憶を、思い出そうとしているのだが、なかなか思い出せないらしかった。

香田検事の別荘に、着いた。

別荘の周囲には、まだ、ロープが、張られている。

タクシーから降りた史子は、じっと、別荘の建物を見つめた。一階の、書斎のあたりが、まだ壊れたままである。

そんな別荘を、じっくりと見つめてから、史子は、

「悔しい。どうしても、思い出せない。本当に私は、この別荘の、二階にいたの？」

と、左文字に、きいた。

「そうなんだ。この別荘の一階で爆発があって、あのあたりで香田という検事が、殺されていた。その時、君は、二階で、眠っていたんだ」

と、左文字は、いった。

その後、二人は、ガードしている警官に断って、なかに、入れてもらった。

一階も二階も、事件が起きた時のままになっている。

まず、左文字は、史子を、一階の書斎に連れていった。香田検事が、爆死していた書斎である。

「ここで、香田検事が、死んでいた。部屋の隅に、鎧が、飾ってあってね。死んだ時の状況から見て、香田検事は、その鎧と、向かい合っていた。その時、その

鎧が爆発して、香田検事は、死んだんだ」

と、左文字は、説明した。

「じゃあ、犯人が、その鎧に、爆発物を、仕かけたんでしょう?」

と、史子が、いった。

「そうなんだが、なぜ、香田検事が、鎧と向かい合っていたのかが、わからない。というのは、香田検事は、その時、裁判の書類に、目を通していたと思われるからね。それなのに、突然、彼は鎧が気になって、鎧と向かい合った。そうとしか考えられないんだよ」

「じゃあ、鎧が、香田検事に、声を、かけたんじゃないの? これは、冗談だけど」

と、史子は、いった。

「それが、冗談じゃないんだ」

と、左文字が、いった。

史子は、びっくりして、

「まさか、鎧が、声をかけるなんてことは、ないでしょう?」

「ところが、それが、あったんだよ。というのは、爆発現場には、携帯電話が、ばらばらになって、散乱していたんだ。おそらく、鎧のなかに、携帯電話が、仕かけられていて、誰かがその電話を、鳴らしたんだ。鳴らすのは簡単だろう。どこからでも、その電話にかければ、鳴るからね。着信音は、どんな音でも、声でも、入れられる。たとえば『検事さん、検事さん』という、着信音でもいい。あるいは、香田検事の好きな、音楽でもいいんだ。その着信音が、鎧からきこえてきたら誰だってびっくりして、鎧のそばにいくだろう。まさか、鎧が声をかけたとは思わないが、僕だって、間違いなく、鎧のそばにいくね」

と、左文字は、いった。

「じゃあ、その鎧のなかに、誰かが、携帯電話を、仕かけておいたのね」

「そうだ。たぶん、犯人だね。その犯人が仕かけておいて、遠くから、その携帯電話にかけて、鳴らしたんだ。その着信音に、びっくりした香田検事が、鎧のそばにくる。それを見計らって、もう一度、電話を鳴らす。香田検事はさらに、鎧に顔を、近づけるだろう。その時犯人は、携帯電話に仕かけておいた、爆発物のスイッチを、押したんじゃないだろうか。それは、どんな、スイッチかわからないが、携帯電話のナンバーキーの何番でもいい。とにかく、それを押せば、爆発するように、仕かけてあったんだろうね。そして見事に犯人は、香田検事を殺したんだよ」

と、左文字は、いった。

「いったい誰が、そんなことを、やったの？」

と、史子が、きいた。

「普通に考えれば、香田検事は、一つの裁判を受け持っていたから、その裁判で香田検事が、告発している相手だろうね」

と、左文字は、いった。

「それは、誰なの？」

と、史子が、きく。

「塚原という代議士だ。その塚原代議士の、スキャンダルが、裁判になっていた。その検事が、香田さんだったんだ。だから、当然、その塚原という代議士が、疑われる」

「じゃあ、塚原代議士は、この事件の容疑者？」

「そうだ。一応、容疑者だ」

「それで、逮捕されたの？」

と、史子が、きいた。

「いや、まだ、逮捕されていない。塚原代議士にはアリバイがあるし、犯行を否認している」

と、左文字は、いった。

その後、左文字は、史子を、二階に、連れていった。

「君は、ここで眠っていた」

と、左文字は、いった。

史子は、ぐるぐると、首を回して、部屋のなかを見回していたが、

「全然、記憶がないわ」

と、いった。

「慌てないで、ゆっくりと、記憶が戻るのを、待とうじゃないか」

と、左文字は、いってから、

「じゃあ、その左手の火傷も、思い出せないのか？」

と、きいた。

「火傷？」

と史子はいって、左手に目をやってから、

「ああ、この包帯ね。全然忘れていたわ。私、火傷をしているの？」

と、いいながら、史子は、左手の包帯を、解いてから、そこに火傷の跡を見つけて、

「ああ、私、左手に、本当に火傷をしているんだ」

と、いった。

「どこで火傷をしたか、君は、覚えていないの?」

と、左文字が、いった。

「全然覚えていない。どうして、火傷をしたのかしら?」

と、史子が、眉をしかめて、きいた。

「僕にも、わからないよ。偶然、火傷をしたのかもしれないし、君が、誰かに拷問されたのかもしれない」

と、左文字は、いった。

「拷問って?」

「たとえばだね。君は、例の女を見つけた。そして、彼女を尾行しているところで、捕まったんだ。捕まって、拷問された。どうして尾行したのかとか、いろいろと、きかれてね。その時、君は相手から、その左手に火傷を負わされたのかもしれない」

と、左文字は、いった。

「怖いわ。私って、火が、一番嫌いだから」

と、史子が、声を震わせた。

「それかもしれないな」

と、左文字が、いう。

「どういうこと？」

と、史子が、きいた。

「君は、火が怖い。犯人は、君を、自供させようとして、ライターか、何かの火を、君の左手に、押しつけたんだ。それで、君は、恐怖のあまり、気を失ってしまった。そんなことかもしれない」

と、左文字は、いった。

2

別荘を出ると、二人は、駅近くまでいき、そこの、小さなレストランに、入った。

別荘ふうの建物を改造したレストランで、そこの二階で、食事を取った。

「おなかが、空《す》いたわ。悔しいから、たくさん、食べてやる」

と、史子は、笑った。

左文字も、笑って、

「その調子なら、大丈夫だ。すぐに、よくなるよ」

「体が、健康になっただけじゃ、どうしようもないわよ。記憶が、戻らなきゃ、死んでいるも同然」

と、史子は、いった。

それでも、食欲だけは、旺盛で、よく食べた。

食後に、コーヒーを飲みながら、史子はまた、窓の外の景色に、目をやって、

「いい景色だけど、思い出せないのは、本当に悔しいわ」

と、いった。

「大丈夫だよ。体が、健康になれば、記憶も戻ってくる。そんなもんだ」

と左文字は、なぐさめるように、いった。

「殺された香田検事さんだけど、あなたは、さっき、何とかいう代議士が、怪しいっていったわね？」

と、史子が、いう。

「塚原代議士だ。彼のスキャンダルの、裁判だからね」

と、左文字が、いう。

「でも、その代議士先生には、香田検事事件の時にちゃんとしたアリバイがあるんでしょう？　それに、証拠がなくて、逮捕できないんでしょう？」

「そのとおりだ。それに、僕も、その塚原代議士が、今回の犯人だとは思っていない」

と、左文字は、いった。

「一番、怪しい人なのに、どうして、犯人だとは、思わないの？」

「その塚原代議士なんだがね。その他大勢の代議士じゃないんだ。大臣経験者なんだよ」

と、左文字は、いった。

「でも、大臣経験者だからといって、人を殺さないということじゃ、ないでしょう？　自分の地位が、高ければ高いほど、自分が可愛くなって、人を殺すんじゃないかしら？」

と、史子が、いった。

「そうかもしれないが、偉い代議士なら、自分では、殺さないさ。金か、権力を使って、誰かに、殺させる」

と、左文字は、いった。

「じゃあ、その代議士さんは、誰か、殺し屋でも雇って、香田という検事さんを、殺したというの？」

「そうだよ」

「じゃあ、犯人は、なかなか、わからないじゃないの？」

と、史子は、いった。

「いや、僕には、だいたい、犯人の目星が、ついている」

と、左文字は、いった。

「その犯人って、いったい、誰なの？」

と、史子が、きいた。

「僕が考える犯人は、石田隆之だよ」

と、左文字は、いった。

「石田隆之って、あのＩＲＣの社長さん？」

と、史子が、きいた。

「そうだよ。あの玩具《おもちゃ》会社の社長だ。ラジコンのね」

と、左文字は、いった。

「じゃあ、そのことを、どうして、県警の刑事さんに、いわなかったの？」

と、史子が、きいた。

「証拠がない」

と、左文字は、いった。

「証拠もなしに、あなたは、石田隆之が犯人だと思っているわけ？」

「そうだよ。僕は、あの社長が、犯人だと、確信している」

「その理由は、何なの？」

と、史子が、きいた。

「君も、僕と一緒に、社長と会っている。その時のことは、覚えているんだろう？」

「そう。肝心なことは、覚えていないのに、ほかのことは、はっきりと、覚えているの。だから、もちろん、あの社長と、会ったことも、覚えているわ。逗子の邸に会いにいって、その帰りに、猫のロボットで、脅かされたじゃないの？　そのことだって、ちゃんと覚えているわ」

と、史子は、いった。

「じゃあ、逗子で、あの石田社長から、話をきいたことも、覚えているだろう？　あの社長が、いったじゃないか？　自分は携帯電話一つ使って、どんな遠くからでも、人間を殺すことができる。そういって、笑っていたじゃないか？　たとえば、人形のなかに、携帯電話を入れて、殺したい人間のところに送りつける。そうしておいて、その携帯電話の、ナンバーを、押すんだ。そうすると、その人形が声を出したようにみえる。びっくりして相手は、その人形を、調べようとする。そうしておいてから、爆発のスイッチを押せば、間違いなく、東京にいて、北海道《ほっかいどう》の人間を殺すことができる。そんな話を、していたじゃないか？　今度の事件が、そっくり、そのままなんだよ」

と、左文字は、いった。

「確かにそうだけど、でも、証拠は、ないんでしょう？」

と、史子は、いった。

「香田検事は、公判になると、あの別荘に、いって、いろいろと、考える癖があった。そこで裁判記録にも、目を通す。それは、誰もが、しっていたらしい。そして、書斎には鎧が、飾ってあった。それも、あの別荘に、いったことのある人なら、誰でもしっていたらしい。塚原代議士から、香田検事の殺害を依頼された石田社長は、自分で、あの別荘に、いったか、あるいは、誰かを、使うかして、あの別荘に忍びこみ、鎧のなかに携帯電話を、仕こんだんだ。爆発物のほうは、携帯電話に仕かけたのか、それとも、鎧のなかに、仕かけたのか、それは、わからないが、とにかく、携帯電話を、仕かけておいてから、石田は、東京からか、あるいは、逗子から、その携帯電話を鳴らしたんだ。後は、石田自身が自慢げに話したとおりのことが、起きたんだよ。書斎で、裁判記録に、目を通していた香田検事は、突然、鎧が、鳴ったんで、びっくりした。そして、驚いて、鎧と向かい合う。その時、石田は、携帯電話を、もう一度鳴らすかした。香田検事は、もっと、その音を、きこうとして、顔を近づける。それを、見計らって、爆発物のスイッチを、入れたのさ。そんなことが、できるのは、今のところ、あの会社の、石田社長だけだ。ほかの人間は、そんなことなど、考えないからね。考えないで、携帯電話は、携帯電話として、使っている。それを、あの社長は、携帯電話を、凶器にしてしまったんだ。そして、遠隔操作で、人を殺せることを発見した」

と、左文字は、いった。

「それじゃあ、まるで、あの社長は、殺しの請負人みたいね」

と、史子は、いった。

左文字は、大きくうなずいて、

「そうだよ。君のいうとおり、あの社長は、殺しを、請負っているんだ。それを、仕事にしている男だよ」

と、いった。

「まさか」

と、史子が、いう。

「しかしね、今の時代は、多くの人間が、殺したい相手を、持っている。それを実行しないのは、捕まるのが、怖いからだ。だから、絶対にばれずに殺してくれる人間がいれば、その人間に大金を払ってでも頼む。つまり、需要があるわけだよ」

と、左文字は、いった。

「でもね」

と、史子は、首をかしげて、

「どうやって、お客を探すの？」

「たぶん、インターネットだよ」

と、左文字は、いった。

「インターネット？」

と、また、史子が、首をかしげた。

左文字は、やおら、バッグのなかから、ノートパソコンを、取り出した。

史子は、びっくりして、

「そんなもの、あなたは、持っていたかしら？」

「必要に迫られて、買ったんだよ」

と、左文字は、笑ってから、そのノートパソコンを開いて、インターネットの検索を、始めた。

「インターネットに『殺しを引き受けます』って、あの社長が、広告を出していたというわけ？」

と、史子が、笑いながら、きく。

「まさか、そんな露骨なメッセージは、載せないだろう」

と、いいながら、左文字は、検索を進めていたが、

「ここを見てみたまえ」

と、史子に、いった。

そこには〈あなたの、どんな悩みでも、引き受けて、必ず解決します〉とか〈私は、平成の必殺仕置人。あなたの恨みを、晴らします〉といったような、物騒なメッセージが、並んでいた。

「こんなメッセージを載せて、疑われたら、どうするのかしら？」

と、史子が、いった。

「疑われたら、冗談で載せたといえば、いいんだ。本気ではない、これは、冗談だといえばすんでしまうことだからね。それに、どんなメッセージでも、載せては、いけないという規則は、ない」

と、左文字は、いった。

「じゃあ、こんなメッセージを、あの石田社長が載せていて、それに、塚原という代議士が、飛びついたわけ？」

と、史子が、きいた。

「塚原代議士は、おそらく、自分が起訴されて、裁判になったことに、悩んでいたんだと思う。へたをすれば、政治生命が、危うくなるからね。だから、どうにかして、自分を告発している検事を、消してしまおうとした。しかし、現職検事を殺してくれる人間など、なかなか見つかるものじゃない。そんな時、塚原代議士なり、秘書なりが、このインターネットのメッセージを、見たんだろう。そして声をかけた。もちろん声をかける前に、その相手のことを調べたとは思うね。そして、インターネットの本人が、あの石田という社長だと、わかったんだ。そして、調べていくと石田のやっていることがわかってくる。そこで、塚原代議士は、殺しを、頼んだんじゃないかな？」

と、左文字は、いった。

「じゃあ、あなたは、あの石田社長は、前にも、同じように、殺しを引き受けて、実行したと、思っているの？」

と、史子が、きいた。

「思っているよ。石田社長は、殺しを、仕事にしているんだ」

「あなたは、川村さんを、殺したのも、石田社長だと、思っているの？」

と、左文字は、いった。

「ああ、思っている。川村を殺したのも、石田社長だ」

と、左文字は、いった。

「でも、殺しの方法が、全然違うわ。川村さんは、背中から銃で、二発撃たれて、殺されたのよ。携帯電話を使った殺しじゃないわ。同一犯人なら、同じ手口を、使うんじゃないかしら？」

と、史子が、いった。

「そのとおりだが、それでも僕は、川村を、殺したのは、石田社長だと、思っている」

「どうして？」

と、史子が、きいた。

「おそらく、石田社長は、二つの理由で、川村を殺した時には、携帯電話を使わずに、拳銃を、使ったんだよ」

と、いった。

「二つの理由って、何なの？」

と、史子が、きいた。

「川村は、池田工業社長の死について、娘の綾さんから、調べてくれといわれていた。そして、川村は、その死因を、調べていくうちに、石田社長に突き当たったんだ。石田社長の女にも、接近していった。石田社長のほうは、自分の身に、危険が及んでくるのをしって、急いで、川村を殺したんだろう。商売にひびくからね。時間がなくて、携帯電話や人形が、使えなくて、拳銃を使った。それと、もう一つの理由は、あの石田社長は、金儲けの時には、携帯電話や、ロボットを使うが、それ以外の、殺しの時には、それを、使わないんじゃないだろうか？」

と、左文字は、いった。

「どうして？」

と、史子がまた、きく。

「たぶん、そんなところに、石田社長という男は、妙な潔癖感を持っているんじゃないのかね。仕事では、自分の発明した携帯電話による殺しを使うが、私的な理由で、殺す時には、それを、使わずに拳銃を使う。そんな潔癖感だ」

と、左文字は、いった。

「何かおかしいけど、そんなこともあるかもしれないわね」

と、史子は、いった。

そのレストランを出ると、史子は、

「もう病院に、帰るのは、いやだわ。すぐ、新宿の事務所に、帰りたい」

と、いった。

「いいだろう。体は健康なんだから、もう、病院にいく必要は、ないな」

と、左文字も、賛成した。

3

新宿の事務所に戻ると、史子は窓に向かって、大きく、伸びをしてから、

「やっと、元に戻ったような気分。まだ、記憶のほうは、戻らないけど」

「その調子なら、記憶も、すぐに戻ってくるさ」

と、左文字は、いった。

「じゃあ、それに、期待して、乾杯でも、しましょうか？」

と、史子は、冷蔵庫から、缶ビールを取り出して、二人の前に置いた。

缶ビールで乾杯してから、史子は、左文字を見て、

「もう一つ、あなたに、ききたいことがあったのを、忘れていたわ」

と、いった。

「どんなことだ？」

と、左文字は、きく。

「川村さんは、池田工業の池田社長の死について、娘の綾さんから、調べてくれ

と、頼まれていたんでしょう？　そのために、殺されてしまった。あなたは、そのことを、どう思っているの？　池田工業の社長さんは、病死だと思われていたのに、綾さんだけが、病死ではないと、疑って、川村さんに、調査を、頼んでいたんでしょう？　とすると、川村さんは、池田社長が、病死ではなくて殺されたとわかったのかしら？」

「もちろん、わかったんだと思うよ。だから殺されたんだ」

と、左文字は、いった。

「その推理を、進めていくと、池田社長を、殺したのも、あの石田という社長に、なってくるの？」

と、史子は、きいた。

「ほかに、考えようがないね。その犯人も、もちろん、あの石田社長だ」

と、左文字は、迷いを見せずに、いった。

「でも、川村さんの時と、同じように、殺され方が、違うんじゃないの？」

と、史子が、いった。

「いや、違わないんだ。強羅の別荘で、香田検事が殺されたのと同じ方法で、池田工業の社長も、殺されたんだよ」

と、左文字は、いった。

「でも、池田社長が、住んでいたのは、超高層マンションのそれも最上階の部屋で、そこで爆発があったわけでもないし、誰もが、病死だとしか思わなかったんでしょう？」

と、史子は、いった。

「確かに、爆発は、なかった。爆発があれば、誰だって、病死だとは、思わないからね」

と、左文字が、いう。

「じゃあ、どうして、犯人を、あのラジコン会社の社長だと、思うの？」

「これはあくまで、想像なんだがね。池田社長の住んでいた、超高層マンションの部屋には、彼がひとりで住んでいた。犯人の石田は、大きな人形を買って、そのなかに、携帯電話を、仕かけておいた。そうしておいて、その人形を池田社長に送ったんだよ。人形には筆跡がわからないようにして、一通の手紙が添えられていた。タイプで打ったか、あるいはパソコンを使って書いた手紙をね。たぶん、その手紙には、こう書いてあったと、思うね。『お父さん、ひとりで寂しいでしょうから、この人形を、私だと思って、そばにおいて、ください。綾より』とね。ひとりで住んでいる池田社長は、喜んで、その人形を枕元に置いた。そうして十二月二十五日の夜、石田は、その携帯電話に、電話をかけたんだ。たぶん、クリスマスのメロディが着信音になっていたんじゃないのかね。池田社長は、パジャマ姿で寝ようとして、突然、枕元の人形からクリスマスのメロディが、鳴ったので、びっくりして、起きあがった。そして、その音楽を、もっとよく、きこうとして、顔を近づけるか、あるいは、人形を、抱こうとしたんじゃないか。そして、その人形のなかに、何か娘からのメッセージか声の出るものが、入っているんじゃないかと思って、調べようとした。その時を、見計らって、石田は、携帯電話に取りつけたスイッチを、押したんだ。そのスイッチを押すと、ガスが、噴き出すようになっていたんだと思うね。心臓発作を起こすようなガスだよ。そのガスをまともに浴びて、池田社長は、心臓発作と同じ症状で、死んでしまったんだ。そのあと、ガスは消滅してしまった」

と、左文字は、いった。

「でも、人形は、見つかって、いないんでしょう？」

と、史子が、きいた。

「確かに、そういう人形は、見つかっていない。池田社長が死んでいることがわかって、マンションは、大騒ぎになった。救急車がきて、池田社長を近くの病院に運んでいく。そのどさくさに紛《まぎ》れて誰かが、その人形を、持ち去ったのだと思うね。石田本人がやったかもしれないし、誰かに金を渡して、頼んだのかも、しれない」

と、左文字は、いった。

「あなたが、いうとおりだとしても、疑問はまだ、残るわ」

と、史子が、いった。

「どんな疑問だ?」

と、左文字が、きいた。

「あなたは、こういったじゃないの? 石田という男は、客に対しては、自分の考えた、携帯電話を使っての、殺人をするけど、自分のことでは、そんな方法を、取らないで殺してしまう、確か、そういったわね?」

「ああ、それが、あの男の妙な潔癖感だよ」

と、左文字は、いった。

「石田が犯人だとして、池田工業の社長を、殺したのも、商売だと、いうことになってくるわ」

と、史子が、いった。

「僕は、誰かに、頼まれて、つまり客がついて、石田社長は、池田工業社長を、殺したんだと、思っている。商売としてね」

と、左文字は、いった。

「じゃあ、その客は、どういう人なの？」

「今はまだ、わからないが、池田工業の社長というのは、事業に、成功して、娘の綾さんに、二十億円もの財産を、遺しているんだ。そういう成功者には、味方もいるが、敵もいるものだよ。池田社長を憎んでいる人だって何人か、いたと思うね。おそらく、そのひとりが、インターネットを見て、石田社長に、殺しを依頼したんじゃないか？　とすれば、石田社長にとって、これは商売なんだ。だから携帯電話を使って、自分の作り出した方法で、池田工業社長を殺したんだ。そう思うね」

と、左文字は、いった。

「これから、綾さんに、電話をして、きいてみるわ」

と、史子は、いった。

携帯電話を取ると、史子は、池田綾に、教えられた番号に、電話した。

すぐ、電話に、綾の声が、きこえた。

「左文字ですけど」

と、史子がいうと、電話の向こうで、

「もう大丈夫なんですか？」

と、綾が、心配そうに、きいた。

「もう退院して、新宿の事務所に、戻ってきているの。それで、あなたに、ききたいんだけど、十二月二十五日に、お父さんが亡くなったでしょう？　その時のことだけど、あの超高層マンションの部屋に、大きな、お人形さんは、なかった？」

と、史子は、きいた。

「お人形さんって？」

と、綾が、オウム返しに、きく。

「確か今、同じ部屋に、綾さんは、住んでいるんでしょう？」

「ええ。父の部屋に、今住んでいます」

「今、その部屋に、大きなお人形は、ない？」

と、史子は、きいた。

「小さな人形は、ありますけど、大きなものは、ありません」

と、綾が、いった。

「左文字が、こういっているの。あなたのお父さんは、人形に、仕かけられた携帯電話で、殺されたといっているの。お腹に携帯電話が入るくらいのお人形さん――」

と、史子が、いうと、

「お話が、よくわからないんですけど」

と、綾が、いった。

「じゃあ、お父さんがそこに住んでいた時、大きなお人形さんが、その部屋にあるのを、見たことはなかった？」

「そういえば、おかしなことがありました」

と、綾が、いった。

「どんな、おかしなこと？」

「父が死んだのは、去年の十二月二十五日の夜なんですけど、その前日に、変な電話があったんです。その日はクリスマス・イブだったんだけど、父が電話してきて『人形を、ありがとう』っていったんです。私、そんなこと覚えがないから

『人形って、何のこと？』っていったら、父は笑って『いいんだ、いいんだ。とにかく、人形は大事にするよ』と、いって、電話を切ってしまったの。それがとても不思議だったんですけど、翌日の二十五日になって父が死んでしまって、人形のことは、すっかり忘れていました。今、史子さんにいわれて、思い出したんです」

と、綾は、いった。

「じゃあ、あなたは、人形を、見たことはないけど、お父さんが、十二月二十四日の、死ぬ前に、あなたに電話をしてきて『人形を、ありがとう』っていったのね？」

と、史子は、確認するように、きいた。

「ええ。その人形が、父の死に、関係があるんですか？」

と、今度は、綾が、きいた。

「左文字は、その人形が、関係があると思っているの」

「これから、そちらに、いってもいいですか？　左文字さんから、詳しいことを、ききたいから」

と、綾は、いった。

4

池田綾は、事務所に、入ってくるなり、

「左文字さん、人形の話を、もっときかせてください」

と、大きな声で、いった。

「まあ、落ち着いてください」

と、いってから、左文字は、人形について説明した。

「これは、あくまでも、僕の想像ですがね。犯人は、あなたの名前で、人形を、お父さんに、贈ったんですよ。あなたの手紙を、添えてね。だからお父さんは、大事に、その人形を枕元に置いて寝た。犯人は、人形のなかに、携帯電話を仕かけておいて、それを、鳴らしたんです。着信音は、クリスマスのメロディだったかもしれないし、女性のあなたに、似せた声で、お父さん、お父さんというような着信音だったかもしれません。とにかく、お父さんは驚いて、人形を抱き寄せたか、顔を近づけようとしたんですよ。それを、見計らって、犯人は、もう一度携帯電話を鳴らした。それが合図で、携帯電話から、ガスが噴き出すように、なっていたんだと、思いますね。そのガスは、人形の口から出ていって、そのガスを、お父さんは、吸いこんでしまった。そして、心臓発作を、起こした。そういうガスだったと、思うんです、心臓発作を、起こすようなね」

と、左文字は、いった。

史子が、それに、つけ加えて、

「問題は、その人形なの。お父さんが、亡くなった時、当然、人形は、そばにあったはずなの。でも、あなたは、それを見ていない。すると、誰かが、というよりも、犯人が、その人形を、持ち去ったと思うんだけど」

と、いってから、

「あなたは、お父さんの死をしらされて、すぐ、あのマンションに、いったんでしょう」

と、きいた。

綾は、首を、横に振って、

「私がいったのは、父が運ばれた病院です。とにかく私は、父のことが心配で、父が運ばれたという病院に、飛んでいったんですよ。そして病院で、父が死んだのをきかされて、あの夜は、そのまま、病院に泊まったんです。父のそばにいたくて――」

と、いった。

「じゃあ、二十六日の朝、あなたは、あのマンションに、いたんじゃなくて、病院のほうに、いったのね？」

「そうです。私は、病院のほうに、いったんです」

「じゃあ、あのマンションには、誰がいたのかしら？」

「誰も、いなかったと思います。病死だから、警察もきていなかったし、あの部屋には、誰も、いなかったと思います」

と、綾は、いった。

「それなら、誰が入っても、怪しまれなかったはずだ」

と、左文字は、いった。

「救急車がきて、あなたのお父さんを、病院に運んでいった、とすれば、部屋のドアは、開いていただろうし、誰かが侵入しても、誰も怪しまなかったんじゃないかな？」

5

池田綾の言葉が正しいか、どうかを、確かめたくて、左文字と史子は、綾を連れて、現在は、彼女が、住んでいる月島の、超高層マンションに向かった。

マンションのエントランスで、管理人に、去年の十二月二十六日の朝のことをきいた。

管理人も、その時のことを、よく覚えていて、

「あの時は、大変でした。池田社長さんから、苦しそうな声で、助けを求める電話が、管理人室に、あったんです。駆けつけると、部屋のドアが開いていて池田社長さんが倒れていました。まだ、私には、亡くなっているかどうか、わからなくて、すぐ救急車を呼んだんです。そして、救急車で病院に運ばれました。そして、娘の綾さんに、電話をして『大変だから、すぐ、病院にいってください』って、いったんです」

「それで、池田さんは、病院に運ばれた。そして娘さんも、病院にいった。その後、あの部屋は、どうなって、いたんですか？」

と、左文字が、きいた。

「あの部屋には、誰も、いませんでしたよ。何しろ、ご本人は救急車で、運ばれてしまいましたし、娘さんも、病院に、いっているんですから」

と、管理人は、当然のことのように、いった。

「すると、誰かが、あの時、あの部屋に、入ったとしても、わかりませんね？」

と、左文字が、きいた。

「でも誰が、あの部屋に、入るんですか？」

と、管理人が、不思議そうに、きいた。

「救急車がきて、このマンションは、ごった返していたんでしょう？　玄関にはセキュリティがあるけど、救急車がきたりすれば、誰かが入ってきても、わかりませんね？」

と、左文字が、もう一度、いった。

管理人は、また、不思議そうに、首を振って、

「でも、誰も入らないでしょう？　誰が、入るんですか？」

と、きいた。

左文字は、よほど、

（犯人ですよ）

と、いおうかと思ったが、それはやめた。

警察も、池田社長の死を、病死だと断定しているし、この管理人も、病死だと、信じているに、違いなかったからである。

三人は、このあと、部屋にあがっていった。

もちろん、今、部屋にそれらしい人形は、置かれてはいない。

綾が、コーヒーを淹れてくれた。左文字はそれを、口に運びながら、

「これで、事件の翌朝、この部屋のドアは、開いていたし、誰が入っても怪しまれなかったんだ。それが、わかりましたよ」

と、いった。

「じゃあ、父が、病死でなく、殺されたことも、はっきりしたんですね？」

と、綾は、いった。

「証拠はありませんが、私は今、確信しました。間違いなく、あなたのお父さんは、殺されたんです。そして、おそらく、僕の友人の川村も、それがわかって、あなたに電話して『調査報告書を渡す』と、いったんだと、思いますよ」

と、左文字は、いった。

「それで、父を殺した犯人は、誰なんですか?」

と、綾が、きいた。

「おそらく、IRCの社長の石田という男だと、僕は、思っています」

と、左文字は、いった。

「どうして、その石田社長さんが、父を殺したんでしょうか?」

と、綾が、当然の質問をした。

「突飛な考えかも、しれませんが、この石田という男は、自分の考えた方法で、殺人ができることを、確信してから、殺人を商売にしていたんですよ。インターネットで客を募集して、その客の求めに応じて、客の頼む相手を殺していたんです。携帯電話を使ってです」

と、左文字は、いった。

「じゃあ、それを、左文字さんから、警察にいってください。そして、その石田という社長を、逮捕してもらってください」

と、綾は、いった。

「僕は、石田隆之という男が、犯人だと思っていますが、警察にいうのは、まだ無理でしょうね。おそらく、警察は、証拠がないからといって、取りあげない

「でも、左文字さんは、確信が、あるんでしょう?」

と、綾が、なおもいった。

左文字が、黙っていると、史子が、

「確信があっても、今のところ、状況証拠でしかないの。状況証拠では、警察は、動いては、くれないわ。それに、警察には面子《めんつ》がある。一度、あなたの、お父さんのことは病死と、断定してしまった。だから、よほどのことがない限り、それを、訂正するとは思えないわ」

と、いった。

「左文字さんの、お友だちの矢部警部さんはどうなんですか? 矢部さんなら、左文字さんのいうことを信用して、動いてくれるんじゃ、ありませんか?」

と、綾は、いった。

「確かに、矢部警部は僕の親友ですが、同時に警視庁の人間です。別のいい方をすれば、警察という機構の、一部でしかないんですよ。だから、僕の考えに、賛成してくれても、逮捕状がない限り、彼も、動けないと思いますね」

と、左文字は、いった。

「じゃあ、いったいどうしたら、いいんですか?」

と、綾が、怒ったように、いった。

「もう少し、待ってください。必ず、石田隆之が犯人だという、証拠を、摑んでみせますから」

と、左文字は、綾に向かって、いった。

第五章　新たな客

1

新橋《しんばし》の、有名な料亭の一室で、今、密《ひそ》かな商談が、おこなわれていた。

上座に座っているのは、六十歳ぐらいの、恰幅《かっぷく》のいい男で、向かい合って座っているのは、石田隆之だった。そのそばに、女性秘書という格好で、三十五、六歳の女が、座っていた。

食事の途中だったが、仲居も、遠ざけてある。

「牧野《まきの》さんには、私を信頼していただいて、間違いないと思っています」

と、石田が、上座の客に向かって、にっこりと微笑して、いった。

牧野と呼ばれた客は、

「私はね、塚原君から、君のことを、きいたんだ。君は、信頼できる男だし、間違いないと、塚原君からきいた。本当に信用していいんだろうね？」

と、念を押すように、きいた。

石田は、また、にっこりして、

「塚原先生のいわれたとおりですよ。間違いなく、牧野さんの、ご期待に添えると確信しています。現に塚原先生にも、ご満足いただいております。そういって、おられたんでしょう？」

と、いった。

「確かに、塚原君は、満足しているようだった。しかしね、これは、へたをすれば、手が後ろに回ってしまうようなことだからね。あくまでも、君が、信頼できるのかどうか、それを、確かめたいんだよ」

と、牧野は、いった。

「それで、牧野さんの、ご指名の相手というのは、どういう方ですか？」

と、石田が、きいた。

牧野は、黙って、ポケットから、一枚の写真を取り出すと、それを、石田の前に、置いた。

「女性ですか？　なかなか、綺麗な方ですね」

と、石田が、いった。

写真にあったのは、三十歳前後の、なかなかの美人だった。

「名前は、谷口《たにぐち》めぐみ。二十九歳だ。住所は南青山《みなみあおやま》のビレッジ青山の506号室。そこにひとりで住んでいる。いや、男が一緒にいるかもしれないが、私にはひとりで住んでいると、いっている」

と、牧野は、いった。

「お引き受けしますが、成功報酬は、おいくらいただけるんでしょうか？」

と、石田が、きく。

「私に、何の疑いもかからず、彼女が、この世から、消えてくれれば、君に、成功報酬として、五百万円払おう」

と、牧野は、いった。

「間違いなく、牧野さんには、何の疑いも及ばず、この美しい女性は、この世から、姿を消します。ただし、成功報酬は一千万いただきたい」

と、石田は、いった。

「いいだろう。いつまでに、やってもらえるのかね？」

と、牧野は、きく。

「一週間以内」

と、石田は、短く、いった。

そのあとで、

「今後、牧野さんと私が、お会いするのは、まずいでしょう。ですから、ここにいる、秘書の永田恵子《ながたけいこ》に、牧野さんとの連絡を、任せることにします」

と、石田は、いった。

「君の秘書か？　なかなか、綺麗な人じゃないか」

と、牧野が、いった。

「確かに、美しい女性ですが、それ以上に、頭が切れて、冷静です」

と、石田が、いった。

そのあと、石田は、牧野から渡された写真に、ライターで火をつけて、燃やしてしまった。

「一週間以内に、必ず、実行してほしいね」

と、牧野が、いった。

「わかっています。私は、約束は守る男です」

と、いい、

「では、お先に失礼します」

と、石田は、秘書の永田恵子を、促すようにして、立ちあがった。

2

石田は、車に戻ると、恵子を、隣に乗せて、車を発進させた。

その車のなかで、石田は、

「まず二日間、問題の女性のことを、調べてもらいたい」

と、恵子に、いった。

「谷口めぐみ、二十九歳。住所は、南青山のビレッジ青山506号室。そこにひとりで住んでいるが、もしかすると、男が一緒かもしれない。そうでしたね……？」

と、永田恵子は、暗誦《あんしよう》するようにいってから、

「二日あれば、彼女のことを、全部、調べられます。明日から、すぐに取りかかりますわ」

と、いった。

「君を信頼しているよ」

と、石田は、いった。

二日後、恵子は、メモも見ずに、社長の石田に報告した。

「谷口めぐみ、二十九歳、身長百六十五センチ、バスト八十八、ウエスト五十五、ヒップ八十八。高校卒業と同時に、女優としてSAプロダクションに入りました。しかし、女優としては、大成せず、銀座《ぎんざ》の高級クラブに、ホステスとして、入りました。そこで、ナンバーワンになったのですが、その頃、牧野食品の社長、牧野雅之《まさゆき》に、見初《みそ》められて、クラブをやめ、牧野社長の、愛人になりました。しかし、彼女は、金遣いが荒いうえ、牧野社長の妻を、追い出して、自分が、その後釜《あとがま》に、座ろうと画策したので、牧野社長のほうが、嫌気がさし、現在、彼女との関係を、絶とうとしています。しかし、それに対して、谷口めぐみのほうは、莫大な手切れ金を要求しています。その額は三億円といわれていますす。もちろん、牧野社長のほうは、そんな大金を払う意思はなく、揉めているのですが、めぐみのほうは、クラブ勤めの頃に知り合った、暴力団K組の幹部を呼んで、牧野社長を、脅かしています」

「三億円の手切れ金か。一千万円の成功報酬は安かったか」

と、石田は笑ってから、

「その暴力団K組の幹部というのは、いつも彼女と、一緒にいるのかね？」

「おりません。いつも、一緒にいれば、それを理由にして、牧野社長が、一銭も払わずに追い払えますから。そこは、彼女も賢明ですから、部屋にはおかず、電話をかければ、すぐに、飛んでくるように、なっているようですわ」

と、恵子が、いった。

「彼女の二十四時間は、どうなっている？」

と、石田が、きいた。

「昼まで寝ていて、午後一時頃、起床。風呂に入り、それからいきつけのエステにいき、一時間から二時間、体を綺麗にしてもらっています。そのあと美容室にいき、買い物。買い物は、ほとんど銀座です。エルメスが好きなようで、よくエルメスの店で、ハンドバッグなどを買い、夕食を取り、それから、前に勤めていた、クラブのママと一緒に、銀座で飲んでから、マンションに帰るのが、だいたい、午後の十時から十二時の間です。そしてまた、次の日は、昼まで、寝ていて、午後一時に起床。同じことの、繰り返しです」

と、恵子が、いった。

「すると、午後一時から、夜の十時頃まで、彼女は、マンションに、いないんだな?」

「そうです。その間506号室は無人です」

「ところで、彼女のマンションの鍵は、手に入ったのか?」

と、石田が、きいた。

「牧野社長から、もうもらっています」

と、恵子は、はっきりと、いった。

「それなら、明日には、仕かけることができるな」

と、石田が、きいた。

「八日の午後一時から午後十時までの間に彼女の部屋に入り、仕かけをしておきます」

「そうすると、翌三月九日の朝から、彼女が外出する午後一時までの間なら、いつでもOKだな?」

と、石田が、きいた。

「ええ、三月九日の朝から午後一時までの間の、ご希望の時間に、彼女が、この世から、いなくなることは、間違いありません。牧野さんに、お伝えください。牧野さんのお好きな時間に、すべてを、終わらせますと」

と、恵子が、いった。

石田は、すぐ、客の牧野に電話をかけた。

「明日一杯ですべての仕かけが、終わります。それで、三月九日の朝から、午後一時までの間で、牧野さんが完全なアリバイのある時間を、おしらせ願えませんか？」

と、石田は、いった。

「ちょっと、待ってくれ」

と、電話の向こうで、牧野がいい、二、三分待たせてから、

「三月九日の朝から、午後一時までの間の、どの時間でも、いいんだな？」

「いつでも、結構です」

「それなら、明日八日に名古屋《なごや》支店にいって、翌日の九日の、午前十時に、支店長と、会社の今後の方針を話し合う。その話し合いは、昼まで、続けるつもりだ」

と、牧野が、いった。

「すると、三月九日の、午前十時から十二時までの、二時間の、牧野さんのアリバイは、完璧だと、いうわけですね？」

と、石田は、念を押した。

「そのとおりだ。その二時間の間、私は、支店長とずっと一緒にいるつもりだ」

と、牧野が、いった。

「わかりました。すべて、その間に、牧野さんのご希望どおりになると、確信しています。今後は、もう、電話をいたしません。牧野さんのご希望どおりに、なったかどうかは、マスコミが、伝えてくれると、思いますので。ご納得いただきましたら、前におしらせした口座に、一千万円を振り込んでいただきたいと、思います」

と、石田は、いった。

「わかった。今後は、君とは会わないし、電話もかけない。それでいいんだな？」

と、牧野が、いった。

「結構です。指定の口座に、一千万円が振り込まれたあとは、お客さまとは、お会いすることは、ないと思います」

と、いって、石田は、電話を切った。

三月八日の午後三時、永田恵子は、サングラスをかけ、ハイヒールを履き、肩にシャネルのショルダーバッグをさげて、南青山のビレッジ青山に、出かけていった。

一階のエントランスでは、出てくる住人に合わせて、なかに滑りこみ、エレベーターで五階にあがると、用意してきた鍵で、５０６号室を開けた。

住人の谷口めぐみはいつものように、出かけている。３ＬＤＫの、広い部屋だった。

しかし、住人の気質がそのまま、現れているのか、どの部屋も、乱雑だった。

恵子は、一番奥の寝室に、入っていった。

明かりを、つける。

キングサイズのベッドが置かれ、枕もとには、大きな、スヌーピーの人形が、置いてあった。この人形のことは、牧野社長からきいていた。

元は、銀座の高級クラブの、ナンバーワンホステスで、その客のひとり、牧野に対して、三億円もの手切れ金を、要求している怖い女だが、それでもやはり、若い女なのだろう。スヌーピーの人形が、好きらしい。

恵子は、椅子に腰をおろすと、その大きなスヌーピーの人形を、膝の上に乗せた。

シャネルのショルダーバッグから、裁縫道具を取り出すと、まず、人形の背中を、ゆっくりと切り裂いていった。

裂け目をつけると、恵子は、スヌーピーの人形の中身を、ゆっくりと、取り出していった。

そこに、空間ができると、今度は、プラスチック爆弾を、取り出すと、円形に変形させて、スヌーピーの腹のなかに押しこむ。

信管を取りつけ、それを、今度は携帯電話に結びつけて、携帯電話も、胴体に押しこんだ。

その後、なかのつめ物を、元にもどして、形を整え、糸と針を使って、念入りに、縫い合わせて、いった。

ていねいに、仕事をしたので、一時間近くかかったが、見た目には、縫い目は、わからなくなった。

恵子はそれに満足して、スヌーピーの人形を、枕元にある、電話機のそばに置いた。

恵子は、外していた手袋をはめ、少しあとずさりして、部屋のなかを見回してみた。

不自然に、なっているところがないか、冷静に観察する。

別に、不自然なところはない。キングサイズのベッドがあり、その枕元に、電話機と、めぐみの好きなスヌーピーの人形が、置かれている。いずれも、自然な雰囲気だった。

それを、確認してから、恵子は、入ってきた時と同じように、手袋をはめた手で、入口のドアを開け、次に、506号室の鍵をかけてから、ゆっくりと、エレベーターに向かって、廊下を、歩いていった。

このマンションの住人は、ほとんどがタレントや、仕事を持っている人間たちらしく、午後三時という時間なのに、住人の姿もなく、声もきこえなかった。

恵子は、エレベーターで、一階まで降りると、まっすぐ、前を見て、マンションを出ていった。

自分の車に戻ると、石田に電話をかける。

「ただ今、すべての準備は、終わりました。いつでも、OKです」

「それでは、明日の午前十時三十分に、電話をかけてくれ。その時間なら、お客のアリバイが、完全だから。もちろん、君も完全なアリバイを作れ」

と、石田が、いう。

「確認しますが、明日三月九日の午前十時三十分ですね。その時間に、間違いなく電話をかけますので、その時点で、すべてが、解決していると思います」

と、恵子が、いった。

3

三月九日午前六時に、石田は、起きると、すぐに、なじみのタクシー会社から、一台きてもらった。

タクシーに、乗ると、

「東京駅に、いってくれ」

と、運転手に、いう。

東京駅では、六時二十八分発の「つばさ一〇一号」に乗った。

九時二分に、かみのやま温泉駅に、着く。

そこから、予約しておいた〈上ノ山観光ホテル〉に、入った。

まず、風呂に入り、それから、顔見知りの仲居に、

「今日は、昼から近くを見て回りたいので、午前十時すぎに、タクシーを呼んでおいてくれ」

と、頼んだ。

「わかりました」

と、仲居がいって、午前十時二十分にタクシーを呼んでくれた。

石田はゆっくりと、そのタクシーに乗りこむと、

「今日は、この周辺を案内してくれ」

と、運転手にいった。

4

三月九日、永田恵子は、沖縄《おきなわ》の石垣島《いしがきじま》にいた。午前六時三十分の羽田《はねだ》発の航空機で、石垣島に、きていたのだ。

十時に、石垣島に着くと、海岸にあるリゾートホテルに、チェックインした。

5

午前十時三十分。

南青山にある、ビレッジ青山のマンション全体が、振動した。

激しい爆発音がし、閃光が走り、そして、マンション全体が揺れたのである。

マンションにいた住人たちは、慌てて、廊下に飛び出し、管理人は、悲鳴をあげた。

506号室は、たちまち、炎と煙でいっぱいになった。窓ガラスは、割れて飛び散り、天井が落ち、ドアが、ひん曲がった。

その後に、火災が起きた。

消防車が一台二台と、急行してきた。そして、消火が、始まる。

しかし、噴き出した炎は、いっこうに、消えなかった。

火災は、一時間近く続き、隣の505号室と507号室にも、炎は、燃え広がった。

真上の606号室の床には、大きな穴があいた。幸い、そこの住人は、出かけていたので、無事だったが、火災が鎮《しず》まってみると、火元の506号室が全焼したほか、三つの部屋が破壊された。

鎮火したあとで、消防隊員が、警察官と一緒に、火元の506号室に入っていった。

506号室は見るも無残な、ありさまだった。どの窓ガラスも砕け散って、床に破片が散乱し、天井には、穴があき、そして、すべてが焼けていた。

寝室と思われる部屋に入ると、焼け焦げたベッドの上で、若い女が、これも、全身を、焼け焦がして、死んでいた。

506号室の、3LDKの部屋は、全体が焼けてしまっているのだが、なかでも、寝室が一番ひどかった。おそらく、寝室が、火元だろうと、消防隊員は考えた。

しかし、ただの火災とは、思えなかった。明らかに、この火災は、何かが爆発したための火災だったからである。

管理人も、マンションのほかの住人も、午前十時半頃、ものすごい、爆発音をきいていたからだった。

その爆発音と同時に、506号室から炎が噴きあがったという。とすれば、5

06号室で、何かが爆発したのだ。

そして、火災が起き、住人の女性が、死んでしまったことになる。

すぐ、警視庁から、爆発物の専門家が、到着した。焼け爛《ただ》れた死体は、司法解剖のため東大病院に、送られた。

爆発物の専門家は、仔細に寝室を調べたあと、

「使われた爆薬は、おそらく、プラスチック爆弾でしょう」

と、この事件の、捜査にあたる、矢部警部に、報告した。

それから、砕《くだ》け散った、スヌーピーの人形の破片を集め、調べていった。

「おそらく、プラスチック爆弾は、このスヌーピーの人形のなかに、仕かけてあったと思われます。それから、何か、機械の破片が、飛び散っていますが、それが何であるかは、今のところ、まだ、わかりません」

と、爆発物の専門家は、矢部に向かって、いった。

「死んだ若い女性が、プラスチック爆弾を、使って自殺するとは、思えませんから、これは、おそらく、殺人でしょうね？」

と、矢部がいうと、爆発物の専門家は、

「同感です。若い女が、死ぬのに、プラスチック爆弾を使ったという事例は、し

りませんから」

と、いった。

警察は、殺人と断定し、渋谷警察署に、捜査本部が置かれた。捜査を担当するのは、矢部警部である。

矢部はすぐ、死んだ若い女について、身元を、調べることにした。

管理人に、話をきくと、506号室の住人は、谷口めぐみといい、年齢は二十九歳。しばらく前までは、銀座の高級クラブ〈キス〉のホステスをしていて、ナンバーワンの売れっ子だったが、現在はそこをやめて、毎日、のんびりと、暮らしていたという。

「それは、優雅に、暮らしていらっしゃいましたよ。昼すぎに起きてきて、エステにいき、それから、銀座にいって、買い物をして、食事をして、クラブで飲んで、帰ってくるんですよ。それを、毎日繰り返しているんです。本当に、羨ましい人でした」

と、本人からきいたと、管理人は、矢部に向かって、いった。

「そんな金を、どこから、手に入れていたのかね?」

と、矢部が、きいた。

「はっきりとは、わかりませんが、谷口さんが、私に、いったことがあるんですよ。今、大会社の社長の恋人に、なっているんだけど、そのうちに、社長の奥さんを、追い出して、私が、その後釜に、座るのといっていましたから、たぶん、その社長から、小遣いとしてたくさんのお金を、もらっていたんじゃ、ありませんか？」

と、管理人は、いった。

「その大会社の社長の名前をしらないかな？」

と、矢部が、きくと、管理人は、

「確か、一度か、二度会っていますが、六十年配の、堂々とした紳士ですよ。名前は、わかりません」

と、いった。

調べていくと、その大会社の社長というのは、すぐにわかった。

谷口めぐみが、前に勤めていた、銀座のクラブのママが、その相手を、しっていたからである。

彼女の証言によると、めぐみの相手というのは、牧野食品という、食品メーカーの社長の、牧野雅之だという。

「めぐみさんは、牧野社長の、奥さんを追い出して、自分が、後釜に座るつもりだと、いっていたそうですが、そのことを、きいていますか？」

と、矢部は、クラブのママに、きいた。

「ええ確かに、めぐみちゃんは、そんなことをいっていましたけどね。牧野社長だってそう簡単には、奥さんと、離婚できないでしょうから」

と、ママは、いった。

「すると、どういうことに、なっていたんですか？」

と、矢部が、きいた。

「めぐみちゃんは、手切れ金をもらって、牧野社長と、わかれる気だったみたいですけど」

と、ママが、いう。

「どのくらいの、手切れ金を、彼女は、要求していたんでしょうか？」

と、矢部が、きいた。

「牧野食品というのは、食品メーカーとしては、日本一じゃないですか。そんな大会社の社長さんですからね。わかれるとなったら、それは、大きな、お金が、動くんじゃないかしら？」

「大きなお金って、具体的には、どれくらいでしょうか？」

と、なおも矢部がきくと、ママは笑って、

「たぶん、億単位のお金だと、思いますけど」

と、いった。

「億単位ですか？　途方もない金だなあ」

と、矢部は、呟いた。

（ひょっとすると、その大金が、殺人の動機かもしれない）

矢部は、考え、捜査本部に戻ると、部下の刑事たちに向かって、

「牧野食品の社長の、牧野雅之について、調べてくれ。特に、牧野社長の、三月九日の午前十時半のアリバイだ。念のためだ」

と、いった。

すぐに、刑事が二人、牧野食品の、本社に向かった。

その刑事から、すぐに、連絡があった。

「会社の話によると、牧野社長は、昨日から名古屋支店にいき、今日は、市内のホテルKに泊まっているそうです。電話番号をきいてきました」

と、いい、その電話番号を教えてくれた。

矢部はすぐ、そのホテルに電話した。フロントが出る。そのフロント係に向かって、

「そちらに、東京の、牧野食品の、牧野社長が、現在、泊まっていらっしゃいますか？」

と、きいた。

「はい、1102号室にチェックインなさっていますが、お繋ぎしましょうか？」

と、いった。

「お願いします」

と、矢部が、いうと、その1102号室に電話が繋がった。

「もしもし、牧野ですが？」

と、男の声が、いう。

「牧野雅之さんですか？」

と、矢部が、念を押した。

「そうですよ。牧野ですが、どんなご用件でしょうか？」

と、相手が、きく。

「私は、警視庁捜査一課の、矢部というものですが、谷口めぐみさんをご存じですか？」

「しっていますが、それが何か？」

「午前十時半ごろ、彼女の住んでいるマンションで、爆発がありましてね。谷口めぐみさんが、亡くなりました」

と、矢部は、いって、相手の反応を、待った。

すぐには、男の反応は、なかった。

少し、間を置いてから、

「それって、本当ですか？」

と、きく。

「本当ですが、谷口めぐみさんとは、どんな関係ですか？」

「たぶん、警察は、もう、お調べになっているでしょうが、つき合いが、ありました。まあ、男と女の関係といってもいいのですが、最近、それが、うまくいかなくなって、わかれることに決めたんですよ。それでも、彼女が死んだときくと、ショックですね。ところで彼女は、殺されたんでしょうか？」

と、相手が、きいた。

「それは、わかりません。ところで、牧野さんは、いつから、そちらに、いっていらっしゃるのですか？」

と、矢部が、きいた。

「昨日、名古屋にきまして、今日は朝から、名古屋の支店長と話していました。それが、終わって、今、このホテルに戻ったところです」

と、相手が、いった。

「そちらのホテルに、チェックインしたのは昨日の何時頃でしょうか？」

と、矢部が、きいた。

「確か、昨日の午後二時頃だと思いますが、正確なことは、フロントがしっていると思いますから」

と、牧野が、いった。

矢部は、もう一度、フロントに電話を回してもらってから確認すると、フロント係は、昨日の午後二時五分に、牧野雅之は、このホテルに着いて、そのままチェックインしたという。

そのあと、矢部は、牧野食品の名古屋支店に電話をかけた。

井川《いかわ》という支店長は、

「今日の午前十時に、牧野社長が見えて、今後の会社の方針について、私と、話をされました。昼近くまで話をし、そのあと、近くのSという中国料理店で、食事をしました。終わったのは、午後二時頃で、そのあと、社長はホテルに戻られたと、思います」

と、いった。

念のために、Sに電話すると、そこの店長は、間違いなく、今日の昼少し前に、牧野社長と、井川支店長が、食事をしていったと、証言した。

牧野雅之のアリバイは、完璧だった。

南青山にある、谷口めぐみのマンションが爆発した時、間違いなく、牧野雅之は、名古屋にいたのだ。

6

翌日の捜査会議で、矢部は、黒板に〈被害者谷口めぐみ〉と名前を書き、それから棒を引いて〈牧野雅之〉と書いた。

そのあとで、

「殺された谷口めぐみが、一番親しかったと思われる人間は、この牧野雅之だ。牧野食品の社長で、被害者とは男と女の関係だったが、彼女のほうは、牧野に対して莫大な、手切れ金を、要求していたらしい。だから、牧野には、谷口めぐみを殺す動機が、あるのだが、調べたところでは、爆発のあった時刻には、名古屋にいた。これは、間違いない。アリバイは、完璧なのだ。そこで、この牧野雅之以外に、谷口めぐみと、関係のあった人間を、調べあげてほしい」

と、矢部は、刑事たちに、いった。

刑事たちが、聞き込みに走った。

そして夕方になると、帰ってきた刑事たちが、矢部に報告した。

「被害者ですが、最近、暴力団K組の幹部、山崎勇《やまざきいさむ》三十五歳と、つき合っていたようです」

矢部がすぐ、その山崎勇に会ってみると、長身の、なかなかのハンサムな、男だった。

「死んだ谷口めぐみと、最近、つき合いがあったそうだね?」

と、きくと、山崎は、うなずいて、

「確かに、つき合ってはいましたが、別に、変な関係じゃ、ありませんよ」

と、いった。

「変な関係じゃないとすると、どんな、関係なんだ?」

と、矢部は、きいた。

山崎は、小さく、笑って、

「用心棒ですよ」

と、いった。

「用心棒って、どういうことだ?」

と、矢部が、きく。

「彼女のほうから、どうも、最近、心細いから、何かあったら、すぐに、駆けつけてほしい、そういわれて、いたんです。だから電話があり次第、あのマンションに、駆けつけるはずでした。ところが、それがなくて、いきなりドカンですからね。用心棒も、何の役にも立たなかったんですよ。彼女には、申しわけないと思っていますよ」

と、山崎は、殊勝なことを、いった。

「つまり、谷口めぐみは、何かに、怯《おび》えていたんだね? だから、用心棒として、君を雇ったんじゃないのか?」

と、矢部が、きいた。

「牧野食品の、牧野社長の件は、もう、調べたんですか?」

と、山崎のほうから、きいてきた。

「ああ、調べたよ。牧野社長と被害者の関係は、わかっている。そして、男と女の関係は牧野社長も認めているが、最近、二人の仲がうまくいかなくなって、被害者は、牧野社長に、手切れ金を、要求していた。そこまではわかっているんだ」

と、矢部は、いった。

「その牧野社長が、彼女を、殺したんじゃありませんかね? 手切れ金を、渡すのが惜しくなってね」

と、山崎が、いった。

今度は、矢部が、笑って、

「だから、牧野社長のアリバイを、調べたよ」

と、いった。

「ちゃんとした、アリバイが、あったんですか?」

と、山崎が、きく。

「被害者の住んでいたマンションで、爆発があって、彼女が死んだのは、昨日の午前十時半頃と、見られている。ところがその時刻、牧野社長は、名古屋にいたんだ。証人は、何人もいる」

と、矢部は、いった。

山崎は、急に、眉を寄せて、

「ということは、俺が、疑われているということですか？」

と、矢部を見つめた。

「正直にいえば、そうだよ。今のところ、被害者との関係者は、牧野社長と、君しかいない。その牧野社長にアリバイがあるんだから、残るのは、君だ。午前十時半頃、どこで、何をしていたか、教えてほしいね」

と、矢部は、山崎に、いった。

「その頃なら、たぶん、寝てましたね」

「どこで、寝ていたんだ？」

と、矢部が、きく。

「四谷《よつや》三丁目のマンションですよ。そこの303号室に住んでいますがね。確か、当日は昼近くまで、寝ていましたよ。というより、部屋にいて、彼女からの、電話を、待っていたといったほうがいいかな。SOSの電話がきたら、すぐに、駆けつけなくてはいけませんからね」

と、山崎は、いった。

「君が、午前十時半に、四谷三丁目のマンションに、いたということを、証明してくれる人間は、いるのか？」

と、矢部は、きいた。

山崎は、また笑って、

「俺はね、ひとりで、マンション暮らしをしていますからね。証人なんて、いませんよ」

と、いった。

「君は、谷口めぐみに頼まれて、用心棒みたいなことをしていたと、いったね。それは、間違いないんだな？」

と、矢部は、きいた。

「間違いありませんよ。まあ、肝心のめぐみが、死んでしまっているから、俺のいうことを証明してくれる人間は、いませんがね。これは、間違いないんです。近頃、物騒《ぶっそう》だから、しばらく、自分の用心棒をしてくれと、頼まれたんですよ」

「それで、彼女から、報酬をもらっていたのか？」

と、矢部が、きいた。

「そりゃ、俺だって、ただで、やるわけには、いきませんからね。月に、五十万くれるという約束で、用心棒を引き受けたんです。嘘じゃ、ありませんよ」

と、山崎が、いった。

「被害者とは、どうやって知り合ったんだ？」

と、矢部が、きいた。

「俺は、彼女が働いていた、銀座のクラブに、何回か、飲みにいったことが、あるんですよ。それで、彼女を、しったんです。そのクラブを彼女がやめたということは、きいていましたが、ある日突然、電話がかかってきましてね。今いったように、近頃、物騒なので、しばらく用心棒を、やってくれ、そういって、頼まれたんです」

「君と、被害者との間には、それ以上の関係は、なかったのかね？」

と、矢部は、念を押した。

「まあ、いい女ですから、いい関係になりたいと思ったことは、ありますがね。しかし、俺だって、K組の幹部ですからね。用心棒を頼まれた以上は、きっちりと、彼女を守ろうと思っていましたよ。今もいったように、それができなくて、残念ですがね」

と、山崎は、いった。

被害者と、関係のあった男だし、その上、三月九日のアリバイも、曖昧だが、だからといって、この山崎という男が、犯人だという証拠もない。

それで、ひとまず、帰らせた。

翌日の三月十一日、捜査本部に、左文字進が、訪ねてきた。秘書兼妻の史子も、一緒だった。矢部は、二人を応接室に通してから、

「そろそろ、君がくるんじゃないかと思っていたよ」

と、左文字に、いった。

「新聞に、出ていたことは、本当なのか？」

と、左文字が、きく。

「新聞発表のどのことを、いっているんだ？」

「爆発があったのは、寝室だが、スヌーピーの人形が、粉々になっていた。プラスチック爆弾は、その、ぬいぐるみのなかに、仕かけられていたと、思われる。それからもう一つ、その周辺には、粉々になった携帯電話の破片と思われるもの

が、散乱していた。この新聞報道は、本当なのかね？」

と、左文字は、きいた。

「それは、事実を、そのまま伝えているよ」

と、矢部が、いった。

「そう思ったから、ここにきたんだ。史子も僕と同じ考えを、持っている。つまり、今度の事件の被害者、谷口めぐみは、寝室に仕かけられたプラスチック爆弾で殺された。そのプラスチック爆弾と一緒に、携帯電話がスヌーピーの人形のなかに仕かけられていて、犯人は、その携帯電話のナンバーを鳴らして、プラスチック爆弾を爆発させたんだよ。例の、香田検事のケースと、まったく同じだ」

と、左文字は、いった。

「まったく同じとは、断定できないんじゃないのかね？」

と、矢部が、慎重に、いった。

「これだから、刑事は、困るんだ。想像力が働かないんだな」

と、左文字は、からかうように、いった。

矢部は、苦笑して、

「君は私立探偵だから、自由に発想できるけど、私は、こう見えても、れっきとした、警視庁捜査一課の、刑事だからね。確固とした証拠がなければ、誰かを犯人とは、断定できないんだよ」

と、いった。

「だから、僕が、君の代わりに、断定してやるんだ。去年の十二月に、池田工業の池田社長が、殺されている。そして、次に、強羅で、香田検事が殺された。今度は、谷口めぐみという女が殺された。この三つの事件はすべて同一犯の犯行だと、僕は、思っているよ」

と、左文字は、いった。

「つまり、石田隆之という、ラジコン会社の社長が、犯人だということか？」

と、矢部が、きく。

「そのとおりだよ。ほかに、犯人など、いるはずがない」

と、左文字が、いった。

「それでは、問題の、石田隆之の、アリバイを調べてみよう」

と、矢部が、いった。

左文字は、笑って、

「たぶん、石田のアリバイも、完璧だと思うが、一応、調べてみてくれ」

と、いった。

矢部は、左文字の妻の史子に、視線を移して、

「奥さんは、ほかに、何かいうことが、ありますか?」

と、きいた。

「私がしりたいのは、石田隆之社長と一緒に動いていると思われる、中年の女性のことなんです。あの女性が、今、どこにいるのか、それを、しりたいと思いますけど」

と、史子は、いった。

「わかりました。それも、調べてみましょう」

と、矢部は、約束した。

7

石田隆之のアリバイを、調べにいった刑事が帰ってきて、矢部に報告した。

「現在、石田隆之は、山形《やまがた》のかみのやま温泉の『上ノ山観光ホテル』に滞在中です」

と、いった。

「三月九日午前十時半のアリバイは、どうなんだ？」

と、矢部が、きくと、

「その時刻には、石田隆之はすでにホテルに着いていて、タクシーで、周辺の観光をしています。間違いありません。」

と、その刑事は、いった。

それをきいていた左文字が、笑って、

「やっぱり完璧だ。そこは、抜け目がないよ」

と、矢部に向かって、いった。

「すると、石田隆之は、山形から、ビレッジ青山の506号室の、スヌーピーのぬいぐるみに、隠された、携帯電話にかけたのだろうか？」

と、矢部が、いった。

「それは、どうかな。たぶん、引き金は、ほかの人間が引いたと思うよ」

と、左文字が、いった。

「私も、そう思いますわ」

と、史子も、いった。

「たぶん、引き金を引くような役目をしたのは、私が見た、あの、中年の女性に、間違いありませんわ」

と、いった。

「しかし、その女性が何者か、わからなければ、捜査のしようが、ありませんね」

と、矢部が、いうと、左文字が、

「ひとりだけ、思い当たる女性がいるんだ。確か、石田隆之の秘書に、永田恵子という女性がいる。なかなかの美人だそうだから、おそらく、その女性ではないかと、思うね」

と、いった。

「その女性についても、調べてみよう」

と、矢部は、すぐに、いった。

刑事二人が、石田隆之の会社に向かった。その刑事たちは、五十分後に、電話をかけてきた。

「今、こちらの会社にきて、調べていますが、確かに、石田社長の秘書に、永田恵子という三十六歳の、女性秘書がいます。なかなかの美人だそうですから、その女性かもしれません」

と、いった。

「彼女は、今、どこにいるんだ？」

と、矢部が、きいた。

「現在、沖縄の、石垣島です」

「沖縄？　石垣島？　いつ、そこにいったんだ」

と、矢部が、きいた。

「三月九日の飛行機で、羽田から、石垣島にいったようです。その飛行機は、十時に石垣空港に着いています。そのまま、彼女は、石垣島の海岸にある、リゾートホテルにチェックインしていますから、三月九日の午前十時半にはそのホテルに、いたことになります」

と、電話の向こうで、刑事が、いった。

「それは、間違いないんだろうね？」

と、矢部が、念を押した。

「今、その石垣島のホテルに、電話をかけて確認しました。ですから、間違いありません」

「わかった。もう、帰ってきていい」

と、矢部は、いってから、小さなため息をついた。

矢部は、左文字に向かって、

「永田恵子という女性にも、完璧な、アリバイがあったよ」

と、いった。

「そうだろうね。しかし、アリバイがあっても、今回の事件については、それが、必ずしも、本当のアリバイには、ならないんだ。どこからでも、爆発物に仕かけた携帯電話に、電話ができるからね」

と、左文字が、いった。

「それは、そのとおりだが、永田恵子という女性が、問題の、スヌーピーの人形の腹のなかに、仕かけた携帯電話に、電話をしたという証拠が、ないんだ」

と、矢部は、いった。

「もちろん、そんな証拠は、ないさ。だが、一連の事件は、間違いなく、プラスチック爆弾と、携帯電話を使った、遠隔操作による、殺人なんだ。もし、このまま、石田隆之と、永田恵子という女を逮捕できずにいると、これからも、同じようなやり方で、殺人がおこなわれるよ。何しろ、石田隆之は、それを、商売にしているんだから」

と、左文字は、いった。

「君は、四人目、五人目の、被害者が出るというのか？」

と、矢部が、きいた。

「そのとおりさ。今もいったように、石田隆之は自分の作りあげた方法で、殺人を請合っているんだ。塚原代議士に頼まれて、強羅で香田検事を殺した。それと同じ方法で、今回は、谷口めぐみという二十九歳の女性を殺したんだ。これも、石田隆之が引き受けた殺人なんだよ。おそらく、多額の成功報酬を手に入れたに、違いない」

と、左文字は、いった。

「すると、その殺人を、依頼した人間は、牧野食品の、牧野雅之ということに、なってくるのかね？」

と、矢部が、いった。

「たぶん、そうだろう。わかれ話に、莫大な手切れ金を、要求されたので、牧野は腹を立てて、石田隆之に、殺人を、依頼したんだ。だから、問題の三月九日午前十時半には、牧野雅之は、名古屋でアリバイを作っているし、石田隆之は、山形にいたし、三人目の、永田恵子は、その時、石垣島にいた。つまり、三人とも、おかしいほど、アリバイは、完璧なんだ」

と、左文字は、いった。

「殺人が商売か。君のいうとおりなら、困ったものだ」

と、矢部が、舌打ちをした。

「君には、面白くないだろうが、これは、厳然たる事実だよ。今回の一連の事件は、石田隆之が、作りあげた仕かけによる殺人だよ」

と、左文字は決めつけるように、いった。

第六章　最後の賭け

1

石田隆之と永田恵子が、突然、姿を消してしまった。

矢部警部が二人に任意同行を求め、もう一度、事件について事情聴取しようとして、刑事を差し向けたのだが、姿を消してしまったのである。

矢部警部は、それを左文字に伝え、

「あの二人は、高飛びしてしまった可能性がある。そうなれば、警察の一大失態になる、そう考えて意気消沈しているんだ」

と、いうと、左文字は、首をかしげて、

「それは、おかしいんじゃないか？」

と、いった。

「どこがおかしいんだ？」

と、矢部が、眉をひそめて、きく。

「今も、石田と永田恵子については、状況証拠は充分だが、決定的な証拠がないので、逮捕状が取れない。君は、そういっていたじゃないか？　だからこそ、二人に事情聴取をしたくても、任意同行を求めるしか、仕方がなかったんだろう？　石田自身だって、それくらいのことはわかっているはずだ。それなのに、どうして、急に、外国へ高飛びなんかするんだ？　その必要は、ないんじゃないかと思うけどね」

と、左文字が、いった。

「石田も馬鹿じゃないから、自分の身に危険が及んできていることを、察しているはずだ。だから、逮捕状が出る前に、女と一緒に、外国に高飛びしたんじゃないかと、私は、思っているんだよ」

と、矢部が、いった。

「警察というのは、常に最悪の事態というものを考えるのか？」

と、左文字は、笑ってから、

「私は、君のようには、考えないんだ」

「しかし、現実に、石田隆之も永田恵子も、姿を消してしまっているんだ」

と、矢部が、いった。

「だから、その理由について、私は、君とは違う考えを、持っているといっている」

と、左文字が、いった。

「どう違うのか、君の考えを、教えてもらいたいね」

と、矢部が、左文字を見つめた。

「石田隆之は、今までに、秘書の永田恵子と組んで、何人もの人間を、殺してきた。すべて、ビジネスとして、金儲けのために、殺してきたんだ。これまでは、うまくやってきて、警察に、尻尾を掴まれてはいなかった。状況証拠はあっても、確証がないから、警察だって逮捕できない。しかしこのままいけば、遠からず、逮捕状が出て、石田と永田恵子は、逮捕されてしまうだろう。それに薄々、この二人だって、感づいているはずだ。そこで、何を考えるか？　まず第一に考えられるのは、君がいうように、外国に高飛びする。当然それを考えるだろう。だが、こういうことも考えられるんだよ」

と、左文字は、いい、続けて、

「今もいったように、石田は、自分の考案した殺人の方法によって、何人もの人間を殺してきた。ある人間が、石田のそうした殺し方について、しっていて、何か、大きな仕事を、石田と永田恵子の二人に、頼んだのかもしれない。それと、石田と永田恵子の希望とが、合致して、現在、大きな仕事を、企《たくら》んでいる最中なのかもしれない。だからこそ、二人は、姿を隠した。その大仕事をする前に、警察に捕まってしまっては、元も子も、なくなってしまうからね。また、あるいは、その大仕事を頼んだ個人、あるいは、グループが、どこかに、二人を隠したのかもしれない。私は、そういうふうに、今の事態を、見ているんだよ」

と、いった。

左文字の言葉に、矢部警部は、しばらく、考えこんでいたが、

「君の推理が当たっているとしてだが、君は、どんな客を、考えているんだ？」

と、きいた。

「今いったように、石田隆之に対して、大金を払える客だよ」

「しかし、今までだって、石田には、何人もの客が、大金を、払っているんだ。一番最近の客の、牧野食品の社長だって、関係した女、谷口めぐみの殺しに対し

て、少なくとも五百万円から一千万円を石田に支払ったと警察は、見ているんだ」

と、矢部は、いった。

左文字は、笑って、

「今度、石田が引き受けようとしている仕事は、おそらく、そんなもんじゃないだろう。たぶん、何千万円、あるいは、億単位の金が動くような、そんな大きな仕事だと、私は考えている」

「しかしだな、たったひとりの人間を、殺すのに、億単位もの金を、払おうとする人間がいるだろうか？　それとも大量殺人か？」

と、矢部が、いった。

「大量殺人は、石田には、似合わないよ。だから狙いは個人だと思っている。しかし殺したい人間が、日本にとって重要な人物だったら、億単位の金が、動くんじゃないか？」

と、左文字が、いった。

「今の日本で、最も重要な人物といったら、誰もが一応、総理大臣のことを、考えるだろうがね」

と、矢部が、いった。

「今の総理大臣は、誰だったかね？」

と、左文字が、きいた。

「長谷川《はせがわ》首相だよ」

「ああ、そうだった。長谷川首相だ。しかしあんまり人気がないんじゃないかな。だからつい忘れてしまう」

と、左文字が、無遠慮に、いった。

「しかし政権欲だけは強くて、このままいけば、自分の党のなかには、ライバルが少ないから、あと何年かは、長谷川首相の時代が、続くんじゃないか」

と、矢部がいった。

「しかし、二カ月後に、総選挙があるだろう。それに敗北すれば、当然、長谷川首相は退陣しなければならなくなる」

と、左文字は、いった。

「確かに、そうだ」

「その二カ月後の総選挙だが、野党側に確か内藤《ないとう》という党首が、いたんじゃなかったかな」

と、左文字が、いった。

「確かに、内藤党首にはカリスマ的な人気がある。野党側が、この内藤人気に、便乗して戦えば、長谷川首相の不人気が幸いして、ひょっとすると、与党が、野党に、大敗するかもしれない。一部には、そういう推測もあるんだ」

と、矢部が、いった。

「選挙に使える金は、圧倒的に、与党のほうが多いんじゃないのか？」

左文字が、きいた。

「確かに、政権与党だからね。今度の総選挙に、与党と野党が、どれだけの金を選挙に使えるか、それを試算した新聞があるんだよ。それによると、与党側は、百億円から百五十億円、それに比べて、野党側は、五十億円から七十億円という、数字が出ている」

と、矢部は、いった。

「ほぼ二倍か」

と、左文字が、いった。

「それでもなお、与党側は、内藤人気に、恐れを抱いているらしい。それに、変に金をばら撒くと、それがかえって、与党側に、不利に働くことも、考えられる。となると、やはり、問題は、内藤党首という存在だよ。だから、長谷川陣営では、何とかして、二カ月後の総選挙までに、内藤の弱みを摑めないか、それを必死になって、探っているという噂もある」

と、矢部は、いった。

「そうなると、内藤党首の首に一億円の金をかけても、長谷川陣営としては、おかしくはないことになる」

と、左文字は、いった。

「おい、おい」

と、矢部が、苦笑して、

「まさか君は、長谷川首相が、二カ月後の総選挙のことを、心配して、野党の内藤党首を殺そうと考えている、そんなぶっそうなことを考えているんじゃないだろうね？」

「いくら何でも、首相が、野党の党首を、殺すために、一億円も二億円も使うとは、私だって、考えてはいないさ。だが、二カ月後の総選挙では、何としてでも、現在の政府与党を、勝たせたいと思っている人間がいるはずなんだ。つまり、現在の政権が、ひっくり返ったら、ものすごい損害を被《こうむ》る人間がいるとすれば、その人間が、内藤党首を殺すために、石田隆之を雇い、億単位の金を出そうとしていても、決して、おかしくはないんじゃないか」

と、左文字は、冷静な口調で、いった。

2

石田隆之と永田恵子は、広田光太郎《ひろたこうたろう》の、箱根の別荘にいた。敷地面積二千坪。その広い敷地のなかに、建坪二百坪の、豪華な別荘が、建っている。

別荘の持ち主の広田は、滅多に顔を見せず、秘書の大久保《おおくぼ》が、石田隆之と永田恵子の世話をしていた。

別荘のなかには、もちろん、温泉が引いてあり、専門のコックもいるし、二人のお手伝いも、石田たちの世話をしている。

大久保は、夕食を、石田隆之、永田恵子の二人と共に、しながら、

「どうですか、決心は、つきましたか？」

と、きいた。

「決心は、とうについていますよ」

と、石田が、答えた。

「問題は、条件です」

「そのことなら、社長から、きいています。前渡しで五千万円、そして、仕事が終わったあとに、成功報酬として一億円の合計一億五千万円、これでどうですか
と、社長は、いっています」

「人間ひとりの首に、一億五千万円の価値があるんですか？」

と、石田が、皮肉な目つきをした。

「うちの社長は、少なくとも、一億五千万円の価値があると見ています」

と、大久保は、にこりともしないで、いった。

「なぜ、それほどまでに、広田社長が、内藤信之《のぶゆき》というひとりの男に対して、一億五千万円もの金を払おうと、思っていらっしゃるのですか？」

と、石田が、きいた。

「そういうことは、きかないのが、あなたのような商売の人の、仁義なんじゃ、ありませんか？」

と、大久保が、いった。

「確かに、そうかも、しれませんがね。私はね、この仕事を、日本での、最後の

仕事にしようと、思っているんですよ。そろそろ、警察の目も、厳しくなってきましたからね。それで、この仕事を最後にして、外国に高飛びして、景色のいいところで、この女と悠々自適の生活を、送りたいと思っているんです。最後の仕事ということで、どうしても、納得してから仕事をしたい。それで、あなたにとっては、答えにくい質問かもしれないが、ぜひ、きいておきたいんですよ」

と、石田は、いった。

「もし、私が説明を拒《こば》んだら、どうなさるんですか？」

と、大久保が、きいた。

石田のほうは、あくまでも強気に、

「それでしたら、この仕事は、お断りするより仕方がありませんね」

と、いった。

大久保は、苦笑して、

「いいでしょう。うちの社長の希望について、ご説明しましょう」

と、いった。

「うちの社長は、現在の政府与党、長谷川首相をはじめとして、何人かの閣僚と、親しくしています。もっとくだいていえば、コネがあるということですよ」

「広田社長は、具体的に、どんな仕事をしていらっしゃるんですか？　社長の会社が、いったい何を、やっているのか、私は、まったくしらないんですがね」

と、石田が、いった。

「うちの社長の仕事を、ひと言でいうとすればブローカーでしょうね」

と、大久保は、小さく、笑った。

「しかし、ただのブローカーではないでしょう？　どんなブローカーなんですか？」

と、永田恵子が、きいた。

「つまり、政府関係の仕事を、あらゆるコネを利用して、もらってきて、今度はそれを、さまざまな企業に分配する。まあ、そういった、ブローカーですよ」

と、大久保は、いった。

「なるほどね。少しわかりました」

と、石田は、いったが、

「もし、二カ月後の総選挙で、現在の政府与党が敗れると、広田社長は、どんなダメージを受けるんですか？」

と、きいた。

「現在の政府与党に、強力なコネがあるということは、逆にいえば、野党には、コネがないということですよ。もし、政権交代してしまったら、今までのような、ブローカーの仕事は、できなくなる。政府関係の仕事は、もうもらえませんし、それを、各企業に分配して、利益を得る。そういうことができなくなりますからね。二カ月後の総選挙の勝ち負けは、うちの会社にとって、死活問題に、なるんですよ」

と、大久保は、いった。

「これも答えにくいでしょうが、広田社長は、あなたのいうブローカーの仕事をして、どのくらい儲かっているんですか？」

と、石田が、単刀直入に、きいた。

「二十億から、五十億の間と、考えておいてください」

と、大久保は、いった。

石田は笑って、

「その二倍か三倍じゃないんですか？」

「ブローカーって、そんなに儲かるの？」

と、恵子が、目を剝いた。

大久保は、イエスともノーともいわずに、苦笑していた。

「それなら、一億五千万円は、安いものか」

と、石田は、笑った。

「その点は、自由にお考えくださって、結構です」

と、大久保は、いってから、改まった口調になって、

「石田さんとしては、金額のほかに何か要求がありますか？　あれば、全部いっておいていただいたほうが、こちらとしては助かります」

と、いった。

「一億五千万円の成功報酬には、満足しています。ただ、この仕事をすませたら、外国へ高飛びするつもりですから、その一億五千万円は、外国の銀行に、振り込んでおいてください」

と、石田は、いった。

「そのほかには？」

「外国に脱出する時、私の名前では、飛行機の予約が取れないかもしれません。警察が、手を回すかもしれませんからね。精巧な偽造パスポートを、彼女の分と二つ、作っておいて、いただきたいんですよ。どこに提出しても、絶対に偽造と

わからないパスポートです」

と、石田は、いった。

「わかりました。偽造の名人といわれる人間が、おりますので、あなたの分と、こちらの女性の分の、二通のパスポートを急いで作らせましょう。それから、どこの空港から外国にいかれますか？」

と、大久保が、きいた。

「できれば、成田《なりた》から、出発したい」

「それならば、成田空港の、出入国に関係している職員を、事前に何人か、買収しておきましょう」

と、大久保が、いった。

「偽造パスポートを作るのに、何日くらい必要ですか？」

と、石田が、きいた。

「どこに提出しても、見破られない、完全なものを作るというのであれば、やはり、最低でも一週間は必要でしょう」

と、大久保が、いった。

「それならば、そのあとで、私は、仕事をやりますよ」

と、石田は、いった。

「わかりました。とにかく、一週間以内に、完全な偽造パスポートを、作らせます。それから、仕事が終わった時、外国のどこの銀行に金を振り込んだらいいのか、それも教えておいてください」

と、大久保が、いった。

「今は、問題の内藤党首の、完全な資料が、ほしい。それに目を通しておきたい。内藤党首の顔写真は見たことがありますが、それでも、完全な写真が、何枚かほしい。それから家庭状況や住所、経歴、趣味、関係している友人や知人、それに、現在、プライベートでつき合っている女性がいれば、その女性の写真と資料もほしい」

と、石田は、いった。

「わかりました。すぐに取り揃えて、石田さんにお渡ししますよ」

と、大久保は、約束した。

3

二日後、問題の内藤党首についての完全な資料が、石田に渡された。

それには、内藤信之、五十二歳のあらゆる資料が含まれていた。家庭生活についても、あるいは、どこのクラブに、飲みにいくか、また、ゴルフのハンディキャップは、いくつかまで書かれていた。

ほかに、ビデオテープが二本入っていて、それには、内藤信之の野党党首としての行動が、克明に写されており、また、彼の私生活も、撮影されていた。

「私たちの偽造パスポートができるのは、あと何日ですか？」

と、石田が、大久保に、きいた。

「あと三日で、お渡しできるかと思います」

と、大久保が、答えると、

「では、三日間、この資料を仔細に検討し、頭に叩きこんでおきますよ」

と、石田は、いった。

その後三日間、石田は、眠っている時、食事の時、あるいは温泉に入っている時以外の時間は、すべて内藤信之の資料に目を通し、また、何回も繰り返して、彼を写したビデオを見てすごした。

そこには、いつも、秘書の永田恵子が、一緒にいた。

「君に意見をききたいんだ。君は、この内藤信之という野党の党首のことを、どう思うかね？」

と、石田が、きいた。

「なかなか立派な、人物だと思うわ。人気があるのも、わかる気がする」

と、恵子が、いった。

「どんなところに、君は感心したんだ？」

と、石田が、きく。

「選挙演説でも、生まれつきアジテーターとしての素質を、備えていると思うわ。聴衆の反応が、ほかの政治家とは、まったく違うもの。確かに、この人ならば、長谷川首相が、怖がるのも、無理がないと思うわ」

と、恵子が、いった。

「この内藤の弱点は、いったい何だと思うかね？」

「それは、たぶん、娘さんのことだと思うわ」

と、恵子は、いった。

内藤は、四十八歳になる妻の律子《りつこ》との間に、二人の子供を、もうけている。

長男の純《じゅん》のほうは、大学を卒業したあと、現在、商社に入っているが、ゆくゆくは、純を自分の秘書として働かせたいらしい。

もうひとりの、娘のほうは、高校二年生で、名前は、愛《あい》。まだ十六歳という年齢のせいか、父親の内藤も母親も、彼女を溺愛していることがわかる。

そんな写真もあったし、ビデオにも、写っている。

（もし、内藤に、弱みがあるとすれば、この高校二年生の娘の愛だろう）

石田も、そう考えた。

内藤愛についての資料に、石田は目を通した。

愛は、現在、私立のR高校に通っており、学校以外に、ピアノとバレエを習っている。性格は温和で、友人が多い。

通学には、内藤の三人いる個人秘書のひとり、一番若い秘書が、車を運転して、学校への送り迎えをしていた。

この男の名前は、小野《おの》である。年齢は、三十五歳。

「この娘さんに、例の人形をプレゼントしようじゃないか」

と、石田が、にやりとして、いった。

「でも、疑われないように、送らないと、すべてがポシャッてしまうわ」

恵子が、慎重な口調で、いった。

「だから、その件は、君が考えてくれ。どんな方法で、この娘さんに、人形を送ればいいのかをだ」

と、石田は、いった。

翌日、恵子は、大久保秘書に会うと、

「信頼のおける女性を、ひとり、紹介してくださいな」

と、いった。

「年齢は六十代、小柄なほうがいいわ」

「その女性を、いったい、どうするんですか？」

と、不思議そうに、大久保が、きいた。

「紹介してくだされば、あとのことは、こちらでやりますから」

とだけ、恵子は、いった。

その日の夜、大久保は、小柄なひとりの女性を連れてきた。年齢は、六十八歳だという。

「信頼のおける女性ですから、何を頼んでも、口外はしませんよ」

と、大久保は、いった。

「あなたに、どんなことを頼んでも、いいかしら？」

と、恵子が、きくと、六十八歳の千葉昭江《ちばあきえ》という女は、

「お金さえ、ちゃんといただけるなら、どんなことでもいたしますし、秘密は、必ず守ります」

と、いった。

恵子は、思わず、微笑して、

（なるほど、これなら、大久保が、信頼できるといった意味が、わかった）

と、思った。

「あなたには、一芝居打ってもらいたいの。それがうまくいけば、百万円払います」

と、恵子が、いった。

「どんな芝居をすれば、よろしいんでしょうか？」

と、昭江が、きく。

恵子は、内藤愛の写真を、彼女に見せた。

「この娘さんは、私立のR高校に通っている高校二年生。あなたは、何とかして、この娘さんと、親しくなってほしいの」

「どうすれば、よろしいんでしょうか？」

「この娘さんは、学校とピアノの教室、それに、バレエの教室へ通うのに、運転手つきの車を使っているの。あなたには、その車にはねられて、ほしいの」

と、恵子は、いった。

「私が、はねられるんですか？」

「わざとだから、軽い怪我ですむと思うわ。この娘さんは、素直で人がいいから、必ずあなたに、自分の車で、はねたことを、お詫びするはず。だから、それをきっかけにして、その娘さんと、親しくなってほしいのよ。親しくなったあとのことは、またその時に、頼むから」

と、恵子が、いった。

翌日の夕方、私立R高校から帰宅途中の、内藤愛の乗った車が、千葉昭江を、はねるという事故が、起きた。

もちろん、昭江はわざとぶつかったのだから、右足を挫《くじ》いただけの、軽傷ですんだが、愛のほうは、オロオロしてしまって、すぐに救急車を呼ぶと、昭江を近くの救急病院に、入院させた。

その後も毎日、内藤愛は、学校の帰りに、昭江を見舞いにくるようになった。

入院した昭江は、恵子の携帯電話に、電話をかけてきて、

「あの娘さんと、知り合いになりましたよ」

と、自慢そうに、いった。

4

矢部警部が、左文字に会いにきて、

「どうやら、君の心配が、現実になりそうなんだよ」

と、いった。

「私の心配というと、内藤という、野党の党首のことか？」

と、左文字が、きいた。

「そうなんだ。これは、あくまでも、噂なんだが、内藤党首が、命を狙われているという噂が、立っているんだ」

と、矢部は、いった。

「その噂の出所は、どこなんだ？」

左文字が、きいた。

「それがわからなくて、困っているんだ。いわゆる風の噂というやつでね。信《しん》憑性《ぴょうせい》はまったくない。しかし、なぜか、内藤党首が狙われているという噂が、ひとり歩きしているんだ」

と、矢部は、いった。

「内藤党首に関する詳細な資料がほしくなってきたね」

と、左文字が、いった。

矢部は、笑って、

「そういうだろうと思って、資料を揃えて、持ってきたよ」

と、大きな袋に入った資料を、左文字に、渡した。

「それで、石田隆之と、秘書の永田恵子の行方は、依然として、わからないのか？」

と、左文字が、きいた。

「刑事たちを、聞き込みに回らせているんだが、依然として、何の消息も、掴めていない。また二人が、国外に脱出したという情報も、ないんだ」

と、矢部は、いった。

「それなら、私が想像したとおり、石田隆之たちが、誰かに頼まれて、内藤という野党の党首を、狙っているのかもしれないな」

左文字が、いった。

「もし、そうだとしたら、どうやって、防いだらいいんだ？　内藤信之の警護に刑事を回すわけにはいかないんだよ。彼は、首相でも大臣でもないからね。それに、身辺警護を申し出ても、内藤は、断るに決まっている。そうした明るさを、売り物にしている人間だからね」

と、矢部は、いった。

「この内藤信之のことも心配だが、彼の家族のことも、心配だな」

と、左文字は、いった。

「彼の家族のことも、その資料のなかに、入っているから、読んでくれ」

と、矢部は、いって、帰っていった。

左文字は、矢部から渡された資料に目を通したあと、それを、妻の史子に渡して、

「これを読んでから、君の意見を、ききたいんだ」

「それを、君にききたいんだ」

「私は、例の石田隆之と秘書の永田恵子が、野党党首の内藤信之の命を狙っていると思う。とすると、石田は、どんな方法で、内藤を殺そうと考えるか、それを、君にききたいんだ」


と、左文字は、いった。

その日の夜、史子が、夫の左文字に向かって、

「資料を読んだけど、この内藤さんを、直接狙うのは、なかなか難しいと思うわ。公の席では、いつも、秘書や幹事長が、一緒だし、人気があるから、いつも、ファンが取り巻いているから」

「その点は、同感だ」

「そうなると、狙うとすれば、内藤信之の私生活ね」

と、史子が、いった。

「奥さんは四十八歳で、なかなかの美人だ。大学を卒業した長男は、現在、商社に勤めている。もうひとり、娘さんがいて、これは少し歳が、離れていて、現

在、高校二年生。名前は、愛。私立の高校に通い、ピアノやバレエも、習っている」

「私は、内藤信之さんの弱点は、この家族にあると思うの。それも、奥さんや長男ではなくて、高校二年生の、愛さんという、この娘さんね。この資料でも、父親が、溺愛しているというから、間違いなく、この愛さんという十六歳の娘さんがアキレス腱ね」

と、史子が、いった。

「しかし、石田隆之にしても永田恵子にしても、直接この娘さんに近づこうとするかな。何しろ、この二人の顔は、わかっているし、警察も警戒しているから、二人が近づけば、すぐに、マークされてしまうだろう」

と、左文字は、いった。

「確かに、そのとおりね。だから、誰か人を使って、この娘さんに近づこうとすると、私は思うわ」

と、史子は、いった。

「人を使うか」

と、左文字は、考えこんだ。

5

石田は、爆弾と携帯電話を内蔵したテディベアを作りあげると、それを、大久保に渡した。

「これをN病院に、持っていって、そこに入院している、千葉昭江に、渡してください。これを何とか、昭江から、内藤愛に、渡すんです」

と、石田は、いった。

「そうすれば、仕事は、うまくいくんですか？」

と、大久保が、きく。

「内藤愛に渡すことができれば、それで、仕事ができたと同じですよ。ですから問題は、何の違和感もなく、内藤愛に渡すことなんです。入院している昭江には、こういえば、いいかもしれません。昭江の孫娘が、どこかの玩具メーカーで、働いている。その孫がこのテディベアをくれた。その時、彼女が、おばあちゃんを入院させてくれた娘さんに、お礼に、このテディベアをあげてくれ、そういって置いていった。だから、ぜひあなたに、これを受け取ってもらいたい。昭江に、そういわせるんです。そうすれば、疑われずにこのテディベアは内藤愛の手に渡り、内藤家に、置かれることになるはずです。何とか、そうしてほしい」

と、石田は、いった。

大久保は、その大きなテディベアを両手で抱えるようにして、

「これなら、どんな娘さんでも喜びますよ。特に十六歳の高校二年生の娘なら、大喜びするはずです」

と、石田に向かって、にっこりした。

次の日のN病院に、内藤愛が、花束を持って、昭江の見舞いに、やってきた。これで三日、続けてきたことになる。

愛は、花束を渡してから、

「具合はどうですか?」

と、きいた。

昭江は、にっこりして、

「おかげさまで、明日には、退院できそうなんですよ。本当に、ありがとうございました」

と、いった。

「そんなお礼なんて。私のほうこそ、あなたを、はねてしまって、申しわけない
と、思っています」

と、愛が、いった。

「とんでもない。こんなに、親切にしていただいて、本当に、嬉しいんですよ」

と、昭江は、いってから、

「実は、私の孫娘が、玩具メーカーで、働いているんですけど、昨日、このテディベアを、持ってきてくれたんですよ」

と、大きな人形を、内藤愛に、見せた。

「その時、孫娘が、こういうんです。おばあちゃんのことを、親切にしてくれたお嬢さんに、このテディベアを、あげてほしい。自分が一生懸命に作った、このテディベアを、あげてくれ。そういって、帰っていったんですよ。ですから、お嬢さんに、どうしても、もらっていただきたいんですよ」

と、いった。

「そんなもの、いただけませんわ」

と、愛が、尻ごみをするのを、昭江は、半ば強引に、

「お嬢さんに、このテディベアをもらっていただけないと、私が孫娘に叱られて

しまうんですよ。ですからお願いですから、もらってください。そうすれば、孫娘が、どんなに喜ぶことか」

と、いい、目をしばたたいて見せた。

愛のほうは、困ったような顔を見せていたが、

「それほどおっしゃるのなら」

と、いって、テディベアを、両手に抱えるようにして、帰っていった。

愛の姿が消えるとすぐ、昭江は、大久保に電話をかけた。

「今、あのテディベアを、愛さんに、渡しましたよ」

6

大久保秘書からの報告を受けると、石田は微笑して、

「これで、仕事の八十パーセントは、終わったようなものです。あとは、内藤信之が家にいる時に、爆発させれば、それで、すべてが、終わりです。ですから、問題は、いつ内藤が家にいるかということなんですが」

と、いった。

「肝心の標的が、家にいない時に、爆発があっても、どうしようもありませんから」

「それはこちらで、調べますよ」

と、大久保が、約束した。

その直後に、大久保は、慌ただしく石田に会うと、

「困ったことができました。明日から三日間、内藤は、地方遊説に、出かけてしまうんですよ。これも、二カ月後に迫った、総選挙のためでしょうがね」

と、いった。

「三日間ですか？　とすると、いつ帰ってくるんですか？　帰ってくる正確な日と時間がしりたい」

と、石田は、いった。

「三日間の遊説ですから、帰ってくるのは、十二日の、午後だと思いますが、正確な時間は、まだわかりません。すぐに調べて、わかったら、おしらせしますよ」

と、大久保が、いった。

そのあとで、石田は、恵子に向かって、

「三日間、待たされることになった」

と、いった。

「三日間といえば、終わるのは十二日ですね？」

と、恵子が、いった。

「そうだ。だから、十三日の飛行機で、日本を出る。その予定にしておいてくれ」

と、石田は、いった。

7

左文字も、その時、矢部から、内藤党首が三日間の地方遊説に、出かけることをきいていた。

「帰ってくるのは、十二日の午後だというが、正確な時間は、まだわからない」

と、矢部は、いった。

「遊説先で石田が、内藤党首を狙うことは、ちょっと考えにくいな。泊まるホテルか旅館に、爆弾を仕こんだ人形を、送るわけにはいかないからね。そう考えると、石田が狙うとすれば、帰宅してからだね」

と、左文字が、いった。

「とすると、十二日の午後以降か？」

と、矢部が、いった。

「では、三日間の余裕ができたから、その間に、誰が、内藤党首を、狙っているのか、それを突き止めたいね」

と、左文字が、いった。

「内藤党首が死んで得をするのは、現在の政府と与党としか、答えられない。何しろ、人気者の内藤党首が死んでしまえば、二カ月後の総選挙では、現在の与党が、圧勝すると、誰もが、考えているからね」

と、矢部は、いった。

「しかし、そのために、首相や大臣や秘書官などが、殺人を犯すとは、とても、考えにくい」

と、左文字は、いった。

「となると、誰が、内藤党首を、狙うというんだ？」

と、矢部が、きいた。

「君には、心当たりがないのか？　表には出てこないが、裏で、現在の政権与党や首相や大臣、秘書官などに、コネを持っていて、莫大な利益をあげている人間だよ。逆にいえばもし、政権交代があれば、一番損をする人間だ。しかし、社会の表には出てこない。そんな人間が、絶対にいるはずなんだ。それを見つけてほしい」

と、左文字は、矢部に、いった。

「わかったら、すぐ電話する」

と、いって、矢部は、帰っていった。

問題の三日間に、左文字自身も、さまざまな、聞き込みをやって、犯人と考えられる人間を突き止めようとした。そのために、左文字は、いろいろな雑誌や本も、読んだ。

『闇にうごめく人間たち』というタイトルの本も読んだ。それには、裏社会で、現在の政治家と繋がっている人間模様が、書かれていた。

その著者にも、左文字は、会って話をきいた。

その結果、ひとりの名前が、浮かんできた。広田光太郎という男だった。

その名前に、左文字がぶつかっている時、矢部がまた、訪ねてきて、

「何人か、君のいったような人間をピックアップしてみたんだが」

といって、一枚のリストを見せてくれた。

そこには、五人の男の名前が書いてあった。

「この五人はだね、いわゆる政治ブローカーで、大臣や秘書官とコネがあって、そのコネを利用して儲けている連中なんだ。こういう連中は、政権が交代すると、利益がゼロになる心配がある」

と、矢部は、いった。

その五人のなかに、左文字は、広田光太郎の名前を見つけた。

「この広田光太郎というのは、どういう人間なんだ？」

と、左文字は、矢部に、きいた。

「今いった、政治ブローカーのひとりだよ。最近めきめきと、頭角を現してきた。まだ五十代の若さなんだが、すでに、しっかりと、現在の政府与党に食いこんでいる。首相とも仲がいいし、何人かの大臣の、ゴルフ仲間でもある」

と、矢部は、いった。

「実は、私のほうにも、この広田光太郎という名前が、耳に入っているんだ」

と、左文字が、いった。

「そいつは、面白いね」

「だから、この広田光太郎という男について、詳細が、しりたいんだ」

と、左文字が、いった。

「すぐに調べてみよう」

と、矢部が、勢いこんで、いった。

十二日の昼すぎに、矢部は、また、左文字のマンションにやってきて、

「広田光太郎について、わかったことを君に話すよ」

と、いった。

「広田光太郎は、広田興産という会社の、社長をやっている。ところが、この会社の実態が、どうしても、摑めない。何をやっている会社なのかが、わからないんだ。従業員は五人と少ないし、業務内容も、わからない。たぶん、この会社は、ダミーで、社長の広田は、政界とのコネを利用して、さまざまな、政府事業、たとえば、土木事業やそのほかのIT産業などの仕事を手に入れて、それを親しくしている会社に斡旋しているんだと思う。つまり、ブローカーをしているんだ。それに、これは、話だけなんだが、その収入は一年間で、二十億とも三十億ともいわれているが、その数字もはっきりしない」

と、矢部は、いった。

「自宅は、渋谷《しぶや》の宇田川町《うだがわちよう》にあるが、そこには、あまり帰っていないらしい。別荘が、箱根と軽井沢《かるいざわ》にあり、そちらのほうをよく利用しているという話だ」

と、矢部が、いった。

「たぶん、その別荘のほうに、石田と永田恵子が、匿《かくま》われているんだと思うね」

と、左文字は、いった。

「匿うとすれば、箱根と軽井沢の、どちらの別荘だろう？」

「たぶん、箱根のほうだよ。軽井沢は、まだ寒いだろうからね。それと、石田に仕事を頼むとすれば、石田だって、軽井沢よりも、箱根にいたほうが、仕事をやりやすいだろう」

と、左文字は、いった。

「しかし、箱根の別荘を、強制的に、家宅捜査することはできないな」

矢部が、肩をすくめるようにして、いった。

「そこは、君ならうまくやれるんじゃないか？　部下の刑事を使ってだよ」

と、左文字が、励ますように、いった。

すぐに、刑事たちによる箱根の別荘の探索が、開始された。

私服の刑事たちが別荘の周辺を調べ、別荘に、食料品や酒などを、納入している業者にも当たってみた。

この別荘に呼ばれた、タクシー会社の運転手にも会って、話をきくことにした。

それでも、箱根の別荘に、石田隆之と永田恵子がいるかどうかの確証は、得られなかった。

その代わりに、私服の刑事のひとりが、妙な話をききこんできた。

「あの別荘に、六十五、六歳の小柄な女が最近、突然現れたそうです。その女を乗せたタクシーの運転手からの話です。その運転手の話によると、あんな女が、どうしてあそこにいるのか、わからないと、いってましたね。どうにも、あの広大な別荘には、相応《ふさわ》しくない女だそうですよ」

と、その刑事は、いった。

「別荘のお手伝いに、新しく雇った女じゃないのか?」

と、矢部が、きいた。

「そうじゃありませんね。あの別荘には、前々から、二人のお手伝いが雇われていて、今もいますから」

と、その若い刑事は、いった。

「その女のことを、もう少し調べてくれ」

と、矢部は、いった。

次の日の朝には、同じ刑事が、

「昨日、お話しした女のことなんですが」

「何か、わかったのか？」

と、矢部が、性急にきくと、

「妙な話をきいたんです。千葉昭江という名前ですが、車にはねられて、病院に運ばれたんです。彼女をはねた車に、内藤信之の娘の内藤愛が乗っていたんですよ。ええ、高校二年生の、あの内藤愛です。それで、その後ずっと毎日、内藤愛は、花束を持って病院に、その昭江という女を見舞いにいっています」

「優しい娘さんなんだ」

と、矢部が感心したように、いった。

「そうですね。看護婦さんも、感心していましたよ」

「それで、昭江という六十八歳の女は、どうしているんだ？　今もそこに入院しているのか？」

と、矢部が、きいた。

「いいえ、二日前に、退院しました」

と、若い刑事は、いってから、

「その時に、その昭江ですが、優しくしてくれたお礼だといって、大きな、テディベアの人形を、内藤愛に贈ったそうですよ。病院の看護婦の話ですから、これは、間違いないと思います」

と、つけ加えた。

このテディベアの件は、すぐ矢部から、左文字にしらされた。

左文字は、急に険しい表情になって、

「間違いなく、そのテディベアのなかに爆弾が仕かけられている。それに、携帯電話もね」

と、いった。

「どうしたらいいと思う？」

と、矢部が、きいた。

「君は、どうしたいんだ？」

逆に、左文字が、きいた。

「もちろん、すぐ、そのテディベアを回収して、なかに爆弾と携帯電話が仕こまれているかどうか、調べるさ。それは、爆発物処理班に頼むことにする。そして、テディベアのなかに爆弾が仕かけられていたら、すぐ、広田光太郎の別荘にいって、石田隆之と永田恵子を、逮捕する」

と、矢部が、息巻いた。

「それもいいが」

と、左文字が、いった。

「しかし、それでは、石田と永田恵子を、捕まえても『自分たちは、そのテディベアとも爆弾とも関係がない』といわれてしまえば、それまでじゃないか?」

と、左文字は、いった。

「確かにそうだが、このままほうっておくわけにはいかないよ」

と、矢部が、いった。

「確かにそうだが、何とか、これをうまく利用して、石田隆之と永田恵子を逮捕する。それから、依頼人の、広田光太郎という男も逮捕に持っていこうじゃないか」

と、左文字が、いった。

「それは、危険が伴うんじゃないのか？」

と、矢部が、いう。

「危険が伴うからこそ、やるのさ」

と、左文字が、いった。

8

石田隆之と恵子の二人は、念のために、箱根の広田の別荘から熱海《あたみ》のホテルに移っていた。

もし、警察が広田光太郎に目をつけていれば、別荘が、すぐに家宅捜査されると思ったからである。

その熱海のホテルに、大久保から電話が入った。

「今日十四日には、間違いなく、内藤信之は自宅にいるとわかった」

と、大久保は、勢いこんで、いった。

だが、石田のほうは冷静に、

「今日、内藤が自宅にいるという証拠は、何ですか？」

と、きいた。

「今日が、娘の愛の、誕生日だからですよ。内藤家では、子供の誕生日には必ず、両親が自宅で、その誕生日を祝うそうですから。娘の愛を内藤は、目のなかに入れても、痛くないほど可愛がっていますから、間違いなく、自宅で、バースデーケーキで、祝うはずです」

と、大久保が、いった。

「わかりました。それなら間違いないでしょう。では今日、そうですね、夜のほうがいいから、今夜の八時に、爆発させます」

と、石田が、いった。

「ですから、その時刻には、間違いなく、広田社長は、ちゃんとしたアリバイを、作っておくように、念を押しておいてください」

今回に限って、石田は、自分のアリバイを考えなかった。

というのは、標的の内藤信之が死んで、大騒ぎをしている最中には、石田と恵子の二人は、偽造パスポートを使って、成田からバンコクに向かっているからである。

明日の午前一〇時五五分発のＪＡＬ７１７便バンコク行の航空券を、大久保に頼んで予約してもらった。もちろん、偽造パスポートの偽名を使ってである。

午後八時きっかりに、石田はホテルから、テディベアのなかに仕かけた携帯電話に、電話をかけた。

ベルが鳴っているのがきこえる。

石田は、向こうの携帯電話に、暗号の信号を、送った。

その瞬間、石田の耳に、大きな爆発音がきこえた。そして静寂。――「終わったな」

と、石田は、冷静な口調で、いった。

「一仕事終わりましたわね。あとは、バンコクにいくだけ」

と、嬉しそうに、恵子が、いった。

翌日の午前八時には、石田隆之と永田恵子の二人は、熱海のホテルを出て、タクシーで成田空港に向かった。

サングラスをかけ、少しばかり変装をしているが、安心しきっていた。

今ごろ、野党第一党の、内藤党首が爆死したことで、世間は、大騒ぎになっているはずだった。

タクシーのなかで、石田は、運転手に、

「ラジオをつけてくれないか。ニュースをききたいんだ」

と、いった。

運転手が黙って、ラジオのスイッチを入れた。

音楽が流れる。しかし、なかなか、ニュースにはならない。

車が成田空港に近づいたところで、やっとニュースになった。

しかし、いっこうに、内藤党首が死んだというニュースは、放送されなかった。

石田は、いらついてきて、運転手に向かって、

「ほかの局で、ニュースは、やっていないのか?」

と、いった。

運転手は、いろいろなラジオ局に、合わせていたが、

「ここだけですね、ニュースをやっているのは」

と、いって、元に戻した。

ニュースは続いているが、依然としてアナウンサーは、内藤党首の死んだことに触れなかった。

(おかしいな)

と、石田は、思った。

今日の第一のニュースのはずだったからである。

そばにいる恵子が、小声で、

「政界に与えるショックが、大きいので、詳細がわかるまで、発表しないんじゃありません？」

と、いった。

「なるほどね。そういうことも、あるかもしれないな」

と、石田は、自分にいいきかせるように、いった。

成田空港に着いた。

出発ロビーに入り、ＪＡＬのカウンターで偽造パスポートを見せて、手続きをする。

カウンターの向こうの職員は、別に何の疑いも持たずに、手続きをしてくれた。

石田は、もう自分たちが、バンコクについたような気持ちになっていた。

大久保秘書に頼んで、成功報酬は、全部、バンコクにある、外国の銀行の支店に、送金してもらうことにしてあった。

今回の一億五千万円を含めて、これまでの仕事で石田と永田恵子が、手にした金額は、全部で三億円近い。それだけあれば、物価の安い東南アジアなら、一生、のんびりと暮らせるだろう。

搭乗の時刻になって、二人が、搭乗口に向かって歩いていくと、その向こうに、矢部警部と左文字の二人が並んで、こちらを向いて立っていた。

突然、石田の心臓の鼓動が激しくなった。

なぜ、あの二人がここにいるのか、それがわからなかったからだ。

自然に、石田の足が止まるのを見ていて、矢部警部と左文字が、近づいてきた。

「石田隆之さんだね？　それに、そちらは、永田恵子さん。あなたたちを、殺人容疑で逮捕する。逃げようとしても無駄だ。ここは刑事が取り囲んでいるから」

と、矢部が、いった。

「僕たちは、そんな名前じゃない。このパスポートを、見てくれ」

と、石田が、偽造パスポートを見せると、左文字が、笑って、

「その偽造パスポートも、無駄になってしまったね。君たちが、ここにくること

は、わかっていたんだよ」

と、いった。

「どうして、わかったんだ？」

と、思わず、地声になって、石田が、きいた。

左文字が、さらに笑った。

「広田興産の大久保という秘書に、きいたんだよ。昨日、君たちは、テディベアを、爆発させて、内藤信之を殺した。その直後に、警視庁の刑事が、大久保を調べたんだ。大久保が、すべてを自供してね。君たちのやったことも、話してくれたし、君たちが今日、偽造パスポートを持って、成田からバンコクへ出国しようとしていることも、教えてくれたんだ」

と、いった。

「それでも、内藤信之は、死んだんだろう？　それなら、私たちの勝ちじゃないか？」

と、石田が、いった。

矢部が、にやにや笑って、

「ところが、内藤信之さんは、死んではいないんだ」

と、いった。

「そんな馬鹿なことがあるか。僕は間違いなく、爆発音をきいたんだ！」

と、石田が、叫んだ。

「あれは、爆発物処理班に頼んで、爆発の瞬間を、録音してもらった、テープなんだよ。君が、テディベアのなかに隠した携帯電話に、電話をしてきた時、そのテープを、回したんだ。君がそばにいれば、テープだとわかっただろうが、君は何しろ、遠くから、携帯電話できいていたんだろうからね。テープだとは、わからなかったんだろう。残念だったね」

と、矢部が、いった。

「本当に、内藤信之は、死んでいないのか？」

と、石田が、きいた。

「ああ、死んでいないよ。ぴんぴんして、今頃は党員と一緒になって、二カ月後に迫った総選挙について、話し合っているはずだ」

と、左文字が、いった。

「私たちは、どうなるの？」

と、恵子が、蒼ざめた顔で、きいた。

矢部が、怒ったように、

「決まっているじゃないか。君たちはいったい、何人の人間を殺したと思っているんだ？」

（この作品はフィクションで、作中に登場する個人、団体名など、全て架空であることを付記します。）

本書は二〇〇六年十一月、
小学館より刊行されました。

双葉文庫

に-01-122

私立探偵《しりつたんてい》 左文字進《さもんじすすむ》

兇悪《きょうあく》な街《まち》

2025年1月15日　第1刷発行

【著者】

西村京太郎《にしむらきょうたろう》

【発行者】

箕浦克史

【発行所】

株式会社双葉社

〒162-8540 東京都新宿区東五軒町3番28号

［電話］03-5261-4818(営業部)　03-5261-4831(編集部)

www.futabasha.co.jp（双葉社の書籍・コミックが買えます）

【印刷所】

大日本印刷株式会社

【製本所】

大日本印刷株式会社

【カバー印刷】

株式会社久栄社

【フォーマット・デザイン】

日下潤一

ISBN978-4-575-52817-6 C0193
Printed in Japan